Charles W. Gregory: Lucas und der Seelenvogel

# Widmung

*Dieses Buch ist in Liebe und Dankbarkeit*
*Shrī Sathya Sai Baba gewidmet,*
*dessen Liebe in einer dunklen Nacht voller*
*Schmerzen*
*dieses Buch inspirierte.*

# Danksagung

Ohne die Aufmerksamkeit meiner lieben Frau Edith, die geduldig und beharrlich auf Einzelheiten im Manuskript achtete, wäre dieses Buch wohl nie fertiggestellt worden. Ihr wachsames Auge bewahrte mich vor so manchem Fehler.

Ich möchte auch David Gries meinen Dank aussprechen, dessen Rat eine wesentliche Hilfe bei der Vorbereitung des Manuskripts für die Veröffentlichung war.

# Inhalt

# Einleitung

Als ich noch ein Teenager in Kanada war, habe ich immer gedacht, dass das Leben mehr zu bieten haben müsste als Schule, spielen und samstagnachmittags ins Kino gehen.

Aber ich wusste nicht, wo und wie ich nach Antworten auf die Frage, wie ich das Leben sinnvoll und friedfertig gestalten könnte, suchen sollte. Irgendwie spürte ich, dass alle herkömmlichen Antworten auf reiner Spekulation basierten und oft genug einfach auch auf Unwissenheit.

Keine der Unterweisungen, die ich erhielt, hatte das spezielle Element der Wahrheit, das ich suchte. Meine Lehrer sprachen über Dinge, die sie selber nie erfahren hatten. Wie sollte ich mich auf solche Predigten verlassen, fragte ich mich oft genug. Schließlich gab ich es auf, bei den Erwachsenen nach Antworten zu suchen. Ich steckte in einer Sackgasse, es ging nicht weiter. Was nun? Wo sollte ich suchen? Ich hatte kaum Hoffnung.

Und dann, eines Tages, gab mir eine Freundin ein Geschenk, eine Ausgabe von Somerset Maughams „Auf Messers Schneide“. Ich dachte später oft, dass sie mein spezielles Bedürfnis nach Antworten wohl ahnte. Ich war fasziniert von der Suche der Hauptfigur nach dem Absoluten in Indien. Meine Hoffnung erwachte. Ich las das Buch wieder und wieder, bis ich das Gefühl hatte, dass ich alles selber erlebte.

Bald nach dieser Entdeckung sah ich den Film „Lost Horizons“, der auf James Hiltons Buch basiert. Dort begegnete ich Shangrila, jenem fernen tibetischen Reich, das für die materielle Welt unerreichbar bleibt, wo Liebe herrscht und Feindschaft ein Fremdwort ist. Die Gelassenheit dieses Königreichs und die Erzählungen über seine Heil-Pavillons nahm ich ganz in mich auf.

Diese Geschichten wurden zu meiner Wirklichkeit, zu meinem Refugium. Ich lebte, atmete und hoffte darin. Gab es solche Zufluchtsorte wirklich, wenn man nur sorgfältig danach suchte, oder war das alles nur ein schöner Tagtraum, so eine Art Flucht vor der Welt, die mir keine Antworten geben konnte?

Die Jahre vergingen und der schädliche Einfluss von Überheblichkeit und Zynismus begann, mich zu beherrschen. Mehr und mehr suchte ich in den dunklen, verbotenen Wäldern der materiellen Welt nach etwas von bleibendem Wert, um meine Existenz zu rechtfertigen. Das stellte sich aber als ein völlig hoffnungsloses Unterfangen heraus, vergleichbar mit dem Versuch, meinen Namen an einem sehr heißen Tag in Eis zu ritzen. Als die Jahre vergingen und meine Suche immer weiter in die Wüste führte, begannen sich die Früchte eines zunehmend sinnlosen Lebens zu zeigen. Intensive Frustration, geistiger und physischer Schmerz begannen mein Leben zu dominieren.

An diesem sehr dunklen Punkt in meinem Leben traf ich jene Frau, die bald meine Lebenspartnerin werden sollte. Ihre Liebe und Geduld mit einer verzweifelten Seele begannen mein Leben langsam zu verändern. Für keinen von uns beiden war das sehr einfach. Es gab unendlich lange Durststrecken, bevor wir die Oase der Hoffnung entdeckten, wo wir die erfrischenden Wasser der Erneuerung trinken konnten.

Wir hatten uns inzwischen vom Lärm des städtischen Lebens zurückgezogen, um in einem kleinen Haus in den Wäldern von Neuengland zu leben. Von diesem sicheren Hafen aus suchten wir weiter den Himmel nach jenem Stern ab, der uns Befreiung von den fragwürdigen Dringlichkeiten der modernen Welt bringen konnte.

Und dann, eines unendlich gesegneten Tages, gab uns ein Freund ein Buch zu lesen, als wir in seinem Garten saßen und über irgendetwas diskutierten. An diesem Abend begannen meine Frau Edith und ich das Buch „Sai Baba und seine Wunder" von Howard Murphet zu lesen. Die Schleusen öffneten sich mit Schwung. Wir lasen von einer vollkommenen Liebe, die heilte und erneuerte, manchmal nur mit einem Blick. Wir lasen über Shrī Sathya Sai Baba, den Geber dieser unendlichen Liebe, der in Indien lebte. Wir erkannten, dass wir ein spirituelles El Dorado entdeckt hatten. Innerhalb weniger Tage kauften wir Flugtickets und flogen zu jenem östlichen Gefilde, um das zu erleben, was als perfekte Liebe, die allen freigiebig gegeben wurde, die wahrhaftig danach suchten, beschrieben wurde.

Als wir Sai Baba dann trafen, wurden unsere ungeduldigen Herzen ganz still und wir wussten, dass eine lebenslange Suche vorüber war. Vom ersten Moment des Kontaktes mit dem geliebten Einen wusste ich, dass das Reinigen meines Charakters von egoistischen Zügen begonnen hatte. Ich spürte, dass eine Revolution im Anmarsch war, und ich wusste, dass es einige Kämpfe mit meinen Dämonen zu bestehen galt. Als wir nach Hause zurückkehrten, wurde mir klar, dass ich keine Zeit mehr verschwenden wollte. Es gab Arbeit zu tun und ein Leben neu zu gewinnen.

Alle nachfolgenden Reisen zu Baba, so freudig sie auch waren, intensivierten noch diesen inneren Reinigungsprozess, den ich aushalten musste. Wenn man ein Leben lang negativ denkt, kann es mitunter sehr schmerzhaft sein, das zu ändern. So können sich die Fehler, die sich über Jahre bequem eingenistet haben, lautstark melden, wenn man versucht, sie zu vertreiben. Aber wenn man sich auf der Straße der Heilung befindet, gibt es kein Entkommen mehr.

Eines Nachts, als es mir sehr schlecht ging und ich starke Schmerzen hatte, flehte ich Baba an, mir zu helfen, denn seine heilende Gnade kann alle Entfernungen überwinden. Der Schmerz war so intensiv, dass ich nur noch denken und sagen konnte: „Baba, bitte hilf mir, bitte hilf."

Als ich so um Hilfe flehte, sah ich plötzlich, wie in einem hellen Licht, vier Zeilen vor meinem geistigen Auge erscheinen. Die Worte waren präzise und klar. Die Kraft, mit der sie mich berührten, war unglaublich. Diese vier Zeilen sind die ersten Zeilen dieses Buches. Ich wusste sofort, dass diese Zeilen aufgeschrieben werden mussten. Trotz des großen Schmerzes gelang es mir aufzustehen. Im Dunklen fand ich Bleistift und Papier und schrieb diese Worte schnell auf. Nachdem ich wieder ins Bett gegangen war, war innerhalb von fünf Minuten der Schmerz wie ausgeschaltet. Ich empfing dieses Wunder der plötzlichen Erleichterung dankbar und schlief tief und fest bis zum nächsten Morgen.

Am Morgen, als ich noch schlief, entdeckte meine Frau Edith die hingekritzelten Zeilen und brachte es fertig, sie zu entziffern. Später dachten wir dann gemeinsam über ihre Bedeutung nach. Was wollten sie mir sagen? Warum kamen sie zu mir in einer Zeit, in der ich an nichts anderes denken konnte als an mein enormes Unwohlsein? Nach einigen Tagen des Nachspürens und -denkens kamen wir zu dem Schluss, dass eine Geschichte erzählt werden wollte und dass dieser Vers der Prolog dazu war.

Zum Schluss muss ich noch gestehen, dass ich nicht der wahre Autor dieser Geschichte bin. Ich betrachte mich eher als den Stift in Babas Händen, und das ist alles, was ich mir jemals gewünscht und erbeten habe.

# Teil 1

# Kapitel 1

Als ich letzte Nacht träumend da lag,
meinte ich, ein Gesicht im Himmel zu sehen.
Oder war es nur der Mond, der weiß strahlte,
oder ein roter Vogel, der auf den Schwingen des Nachtwindes ritt?

Ich heiße Lucas Willing. Ich bin 12 Jahre alt und ich habe eine sehr wichtige Geschichte zu erzählen. Zumindest ist sie für mich sehr wichtig und, wer weiß, vielleicht ist es auch für jemand anderen wichtig, sie zu hören. Zuerst war ich im Zweifel, ob ich sie überhaupt erzählen sollte. Denn ich machte mir Sorgen darüber, was die Leute wohl denken würden. Ich befürchtete, dass sie über mich lachen würden, und ich wollte einfach nicht mehr verletzt werden. Denn siehst du, ich kann nicht gehen. Das heißt, nicht so normal wie andere Leute. An meinen Beinen habe ich diese schweren Metallschienen und manchmal bin ich ihrer schrecklich überdrüssig. Die Schienen sind schon lange da. Fast noch länger, als ich denken kann.

Weißt du, wenn ich versuche zu gehen, dann wackle und schwanke ich ziemlich herum, so dass andere Menschen mich immer anstarren, und manche fangen sogar an zu lachen. Ich kann überhaupt nicht begreifen, warum sie dies tun. Glaube mir, es ist nichts Komisches daran, nicht gehen zu können. Diese Art Schmerz kann lange andauern und es ist sehr schwer, ihn zu überwinden.

Ich habe mir also angewöhnt, gar nicht erst zu versuchen zu gehen, wenn Leute in der Nähe sind. Dadurch fühle ich mich viel sicherer. Ich weiß auch nicht genau, warum, aber bis vor kurzem war das noch so. Wenn ich an den Ärger und Schmerz dachte, wollte ich es nicht einmal probieren. Trotzdem habe ich immer versucht, laufen zu lernen, aber ohne großen Erfolg. Deshalb habe ich fast mein ganzes Leben im Rollstuhl gesessen.

Wenn ich überhaupt gelaufen bin, dann habe ich das Laufen betrieben, das ich Traumlaufen nenne. Dabei stellte ich mir vor, wie es wäre, an einem warmen Strand entlang zu laufen und den Sand zwischen den Zehen zu spüren oder auf Gras zu gehen, wenn der Tau noch frisch ist, oder in den Wäldern hinter unserem Haus zu sein und die Blätter auf dem Boden hoch zu wirbeln, ohne hinzufallen. So bereiste ich auch andere Welten, in denen ich einfach sein konnte, wo ich wollte. Denn wenn ich meine Augen schließe und meine Beine nicht mehr anschaue, dann scheint es mir manchmal so, als könnte ich all dies wirklich tun. Das war also meine Art zu gehen in den letzten Jahren.

Ich weiß, dass meine Eltern mich sehr lieben, und das hilft einem sehr, wenn man nicht so leben kann wie andere Kinder. Sie sind wirklich sehr nett zu mir und geben mir immer wieder Sachen, in der Hoffnung, mich zu trösten, aber eigentlich will ich all diese Geschenke gar nicht. Aber da ich sie nicht verletzen will, erzähle ich ihnen nichts über meine Gefühle. Denn alles, was ich jemals wirklich wollte, war raus in die warme Sonne zu gehen, das Wachsen der Pflanzen zu beobachten und Vögel fliegen zu sehen und einen kleinen Spaziergang zu machen und dabei nicht hin und her zu wackeln. Ich denke, wenn ich das könnte, würde ich mir in meinem Leben niemals wieder etwas anderes wünschen. Was könnte ich mir sonst noch wünschen? Vielleicht nur noch, dass ich auch rennen könnte, das wäre dann wie das Sahnehäubchen auf dem Kuchen.

So habe ich immer darum gebetet, dass das eines Tages passieren würde, aber ich wusste niemals, ob mich irgend jemand überhaupt hörte. Trotzdem hoffte ich es.

Die Ärzte glauben jedenfalls nicht, dass ich jemals wieder gehen kann. Natürlich sagen sie das nicht zu mir, aber ich weiß genau, was sie denken, und das verletzt mich mehr, als ich sagen kann. Ich glaube, sie denken, dass ich nichts von diesen Dingen verstehe, bloß weil ich noch so jung bin. Aber ich begreife sehr viel, weil ich in mancher Hinsicht gar nicht so naiv bin, wie alle glauben. Wenn man nämlich lange Zeit krank ist, findet man Mittel und Wege, sich auf das einzustellen, was die Menschen um einen herum denken und fühlen. Sie brauchen dazu nicht mal etwas zu einem zu sagen. Wenn du diesen Trick einmal beherrschst, können die Leute dich nicht mehr so leicht belügen, indem sie das eine sagen und das andere denken.

Vor einiger Zeit nun hatte ich das Bedürfnis, mit jemandem über die Dinge zu sprechen, die sich in meiner Welt abspielten, und so entschied ich mich, das Risiko einzugehen und meinen Eltern davon zu erzählen. Ich wusste mit Sicherheit, dass sie mir gut zuhören würden, und wusste auch, dass sie niemals über mich lachen würden, denn so etwas tun sie einfach nicht. Sie sind nämlich sehr fürsorglich.

Ich erzählte ihnen also alles, was bis dahin geschehen war. Sie haben mir sehr genau zugehört und an dem Ausdruck in ihren Gesichtern konnte ich sehen, wie erstaunt sie waren, als ich ihnen erzählte, dass ich keine Schmerzen mehr hätte.

Meine Mutter fing sogar an zu weinen und meinen Vater habe ich noch nie so glücklich gesehen. Sie umarmten mich und wollten gar nicht wieder loslassen. Sie sagten, dass dies der glücklichste Tag in ihrem Leben sei und dass ich ja vielleicht eines Tages auch wieder gehen könnte. So was hatten sie vorher noch nie zu mir gesagt. Und ich freute mich sehr über ihr Glück.

Als ich den Teil über Lightwing erzählte, waren sie, glaube ich, ein wenig verwirrt, obwohl sie sich sehr bemühten, mir zu folgen. An ihren Gesichtern konnte ich ablesen, dass sie glaubten, dass ich das alles nur geträumt hätte. Obwohl wir seitdem viel darüber gesprochen haben, dass ich mich besser fühle, erwähnen sie Lightwing jedoch fast nie. Ich glaube, dieser Teil der Geschichte hat sie einfach überfordert. Das kann ich ihnen nicht übelnehmen. Erwachsene haben anscheinend einige Probleme mit Geschichten wie der meinen. Warum das so ist, weiß ich nicht genau. Vielleicht können sie Dinge nicht begreifen, die nicht zu dieser Welt gehören oder die man nicht anfassen oder sehen kann. Ich frage mich oft, wie sie so geworden sind. Man glaubt doch im allgemeinen, dass man umso klüger wird, je älter man wird. Aber vielleicht ist es genau anders herum. Vielleicht wirst du klüger, je jünger du wirst.

Es ist schon wahr, dass ich viele seltsame Träume hatte und vielleicht soll das gerade bei Kindern so sein, die nicht so leben können wie andere Menschen. Aber dieser Traum war anders. Ich glaube, dass es mehr war als einfach nur ein Traum. Um es deutlich zu sagen, es war viel mehr. Ganz sicher. Ich schreibe diese Geschichte jetzt auf, weil es vielleicht noch andere Kinder gibt, die auch solche Probleme haben wie ich, die dann dadurch, dass sie lesen können, was mit mir passiert ist, etwas Wichtiges herausfinden, von dem sie bis dahin noch nie gehört haben, etwas, das ihr Leben für immer verändern könnte. Ich glaube, das wäre großartig. Das wäre so, als würde man jemandem ein Stückchen des Himmels schenken.

Wenn ich abends im Bett liege, kann ich, wenn es draußen klar ist, den Mond und die Sterne sehen, weil sich genau über meinem Kopf ein Dachfenster befindet. Das ist eine andere Welt, in der ich traumwandeln kann, und ich tue das sehr gerne. Oft habe ich mich gefragt, wie es wohl sei, dort oben zu leben und ob dort vielleicht Dinge passieren, über die ich Bescheid wissen sollte, Dinge, die mir vielleicht irgendwie weiterhelfen könnten. Vielleicht gibt es da draußen jemanden, der viel weiter ist als die Ärzte hier und der etwas für mich tun könnte, so dass ich wieder auf die Füße kommen könnte. Ich glaube, es wäre einfach wundervoll, wenn ich so etwas mal belauschen könnte. Oft habe ich das seltsame Gefühl, dass ich lieber dort oben wäre als hier unten. Manchmal glaube ich sogar, dass ich versehentlich in der falschen Welt gelandet bin und dass dieser Fehler eines Tages irgendwie korrigiert werden wird und ich in meine wirkliche Welt gebracht werde, wo ich mich immer zu Hause fühle, wo niemand je krank ist und wo sich alle Menschen lieben.

Erwachsene glauben oft, dass sie alles verstehen, aber ich kann mit Sicherheit behaupten, dass es sogar in dieser Welt Sachen gibt, von denen sie keine Ahnung haben. Sachen, über die man nichts heraus bekommt, wenn man durch ein Fernrohr schaut oder wenn man sie zu berechnen versucht.

Ja siehst du, es passieren Dinge weit weg, von denen sie nicht mal den Hauch einer Ahnung haben. Ich weiß, dass dies der Fall ist. Vielleicht sind sie einfach nicht an so etwas interessiert oder sie haben zu viel Angst, etwas über Welten herauszufinden, die sie nicht sehen können. Ich glaube, dass es in dieser Welt Geheimnisse gibt, die man nur verstehen kann, wenn man weiß, wie man traumwandelt.

Natürlich habe ich so was niemals zu jemandem gesagt, denn dann dächten alle, ich sei verrückt. Und das bin ich nicht. Ich weiß, was ich weiß, und da bin ich mir ganz sicher. Ich denke viel auf diese Weise und das hält mich lebendig. Wenn du nämlich dein ganzes Leben in einem Rollstuhl sitzt, entdeckst du zwangsläufig andere Wege, um irgendwohin zu kommen. Man braucht sich z. B. nicht ständig zu beeilen, ja, während du dir Zeit nimmst, an dein Ziel zu kommen, kannst du sogar noch über die Dinge nachdenken, die wirklich wichtig sind. Du hast genug Zeit, auf die Antworten zu warten, und wenn du geduldig genug bist, kommen die Antworten von ganz allein. Aber du musst wissen, wie man wartet. Das ist sehr, sehr wichtig. Wenn du nicht genau weißt, wie du warten musst, kann es ewig dauern, bis etwas passiert, und das ist eine sehr lange Zeit. Wenn man auf diese Weise reist, dann gibt es noch den Vorteil, dass man niemals einen Fahrschein kaufen oder eine Reservierung vornehmen muss, und das Beste daran ist, dass alles umsonst ist und man kein Geld auszugeben braucht. Manchmal frage ich mich, ob Leute, die niemals größere Probleme hatten, überhaupt wissen, was sie verpassen. Vielleicht ist es so, dass Menschen, die öfter Schmerzen haben, von manchen Dingen mehr verstehen als solche, die niemals irgendwelche Probleme hatten.

Eines Abends, als ich in meinem Bett lag und zu den Sternen hochschaute, ging es mir nicht besonders gut. Ich hatte diesen schrecklichen Schmerz in meinen Beinen und konnte deshalb nicht einschlafen. Ich war sehr unglücklich, und dann musste ich an all die Jahre denken, die noch vor mir lagen, und daran, was ich wohl machen sollte, wenn ich niemals gesund werden würde. Alles erschien mir ziemlich hoffnungslos in dem Moment, kann ich dir sagen. Ich dachte, dass ich damit ganz allein sei und dass niemals jemand wirklich wissen könnte, wie ich ganz tief in mir drin fühlte. Vielleicht hieß das, dass ich auf nichts und niemanden zählen konnte und dass die Dinge immer so für mich sein würden. Und dann weinte ich ein bisschen, denn manchmal war das alles, was ich tun konnte, wenn ich mich so fühlte.

Aber plötzlich hörte ich ein seltsames Geräusch. Erst dachte ich, dass es bloß der Wind war, der in den Blättern der Bäume rauschte. Es hörte sich an wie ein Flüstern oder Rascheln oder so etwas Ähnliches. Ich horchte genauer, um es noch einmal zu hören, aber nichts geschah. Ich dachte schon, dass ich mir alles eingebildet hätte, und versuchte einzuschlafen. Doch dann hörte ich es wieder. Aber dieses Mal war es viel lauter als vorher und so wusste ich gleich, dass ich mir das nicht nur einbildete. Darum schaute ich zu meinem Dachfenster hinauf und für einen Augenblick dachte ich, ich hätte eine Bewegung gesehen.

Genau über dem Dachfenster kann man den Zweig eines Kirschbaumes sehen und da sah ich doch diesen Vogel auf dem Zweig sitzen. Zumindest sah er aus wie ein Vogel. Langsam konnte ich ihn deutlicher sehen, denn der Vollmond schien und beleuchtete alles mit seinem Licht. Ich habe schon viele Vögel in meinem Leben gesehen, aber noch nie einen solchen. Niemals. Ganz sicher nicht. Seither habe ich viele, viele Bilder von Vögeln angesehen, aber ich konnte nie eine Abbildung von diesem Vogel finden. Die Leute, die ich fragte, sagten alle, dass so ein Vogel nirgendwo auf der Welt existiert. Siehst du, der Vogel war nämlich knallrot, das hellste Rot, das ich jemals gesehen habe. Sein Kopf war so schwarz, wie es nicht schwärzer geht, und sein ganzer Körper strahlte ganz wunderbar. Ich weiß zwar, dass der Mond an dem Abend sehr hell schien, aber da war dieses eigentümliche Licht um den ganzen Vogel herum. Irgendwie schien das Licht aus dem Inneren des Vogels zu kommen, so ähnlich wie das bei einer Glühbirne ist. Das war wirklich ein sehr außergewöhnlicher Anblick, kann ich dir sagen.

Ich konnte gar nicht mehr wegschauen. Nach ein paar Minuten konnte ich sogar seine Augen ausmachen. Niemals zuvor habe ich solche Augen gesehen. Es war fast so, als würde aus ihnen direkt etwas auf mich zufließen. Es war so, als würde ein süßes, warmes Gefühl aus ihnen herausströmen und mich ganz einhüllen. Niemals zuvor in meinem Leben habe ich ein solches Gefühl kennen gelernt wie das, welches diese Augen in mir auslösten.

Ich wartete einige Minuten, um zu sehen, ob der Vogel vielleicht wegfliegen würde, aber er saß einfach nur da, ganz friedlich, und schaute mich dabei die ganze Zeit an. Ich kann nicht genau erklären warum, aber ich hatte das Gefühl, dass der Vogel mich und mein Leben genau kannte. Es kam mir selber komisch vor, dass ich das glaubte. Und dann erkannte ich plötzlich etwas Entscheidendes. Ich weiß nicht, wie das geschah, aber plötzlich merkte ich, dass der Vogel mich auf eine geheimnisvolle Art und Weise anzusprechen versuchte. Ich wusste das plötzlich mit aller Gewissheit.

Ich wusste nicht, was ich jetzt tun sollte, so legte ich mich in meinem Bett zurück und wartete einfach ab, ob er wegfliegen würde. Und dann passierte etwas Unglaubliches. Ich merkte plötzlich, dass die Schmerzen in meinen Beinen weg waren, und irgendwie muss ich dann doch eingeschlafen sein, weil ich mich danach an nichts weiter erinnere. Und das war ungewöhnlich, denn ich war gar nicht müde gewesen. Wie war es denn nur möglich, dass ich hellwach war und trotzdem eingeschlafen bin?

Als ich morgens aufwachte, dachte ich, dass ich all das nur geträumt hatte, weil Vögel gewöhnlich nicht mitten in der Nacht herumfliegen und kranke Jungs anschauen kommen. Besonders nicht Vögel, die hellrot sind, ein glänzendes schwarzes Köpfchen haben und große schöne Augen. Ich hatte vorher schon viele krause Träume gehabt und so dachte ich, dass dieser nur ein weiterer in meiner Sammlung sei. Und trotzdem beschäftigte mich das Ganze ständig. Um ehrlich zu sein, ich konnte an nichts anderes mehr denken.

# Kapitel 2

O roter Vogel, roter Vogel, der du am Himmel fliegst,
kannst du mich hören, wenn der Mond hoch am Himmel steht?
Kann ich jemals auf deinem Rücken zu den Sternen fliegen?
Wird deine Liebe jemals meine Narben auslöschen?

Einige Nächte vergingen und dann hörte ich wieder dieses Geräusch, das wie ein Flattern klang, genauso wie vorher. Ich setzte mich auf und schaute aus dem Dachfenster, konnte aber nichts sehen. Es war eine tiefdunkle Nacht, keine Sterne, kein Mond, nichts. Und dann, plötzlich, kam diese Stimme aus der Nacht, die sagte: „Hallo Junge."

Nun, einen Moment war ich so erschrocken, dass ich mein Herz wie wild pochen hören konnte. Und dann sagte die Stimme wieder: „Hallo Junge, sage ich." Ich wusste nicht, was ich davon halten sollte. Konnte es Rotvogel sein? Aber Vögel können doch gar nicht reden, jedenfalls nicht so, dass man sie verstehen kann. Jeder weiß das doch. Ich fühlte mich ziemlich trottelig, einfach nur so da zu sitzen und nichts zu tun, deshalb sagte ich nach ungefähr einer Minute oder so: „Hallo".

Das war alles, was mir in dem Augenblick einfiel. Ich wartete einen Moment, was nun geschehen würde. Aber, oh, war das plötzlich still. So still war es, dass ich die Stille fast hören konnte. Und gerade, als ich dachte, ich könnte etwas hören, brach der Mond hinter den Wolken hervor. Ein großer silbriger Strahl schien geradewegs durch das Dachfenster und dann, was glaubst du, was dann geschah? Da saß im Lichte des Mondes auf einem Zweig des Kirschbaumes tatsächlich Rotvogel, klar und deutlich. Er saß ganz still und regte sich nicht, aber er schaute mich direkt an und da kam wieder dieses süße, warme Gefühl aus seinen Augen, genau wie das letzte Mal. Es war so, als würden sie mich auf eine wunderbare Art lieben. Ich weiß, dass sich das seltsam anhört, aber genau so hat sich das angefühlt. Es fühlte sich auch nicht so an wie die Liebe meiner Eltern, obwohl die großartig ist. Das hier war anders. Zum ersten Mal im meinem Leben wusste ich, wie Liebe aussehen kann, wenn ein Gefühl überhaupt wie irgendwas aussehen kann.

Und dann, dann hörte ich diese Stimme wieder. Ich weiß nicht, wie ich das am besten beschreiben soll, aber es war so, als würde eine große Mutter sich um mich kümmern, als würde sie mich in ihren Armen halten und mir sagen, dass alles in Ordnung kommen würde. Das erste Mal in meinem Leben fühlte ich mich sicher und geborgen. Und dann, weißt du, was dann geschah? Wieder hatte ich keinen Schmerz mehr in meinen Beinen. Es war wieder wie beim letzten Mal. Eigentlich war es sogar so, dass ich mich fühlte, als sei ich niemals krank gewesen. Wie war das nur möglich, nach all diesen Jahren?

„Ich glaube, dass du jetzt reif für mich bist“, ließ sich die Stimme vernehmen.

Ich wusste nicht, was ich sagen oder tun sollte, und um nicht unhöflich zu sein, sagte ich: „Rotvogel, sprichst du wirklich mit mir, höre ich dich ganz wirklich? Träume ich nicht wieder nur? Ich habe eigentlich in meinem ganzen Leben noch nie von einem Vogel gehört, der sprechen kann.“

„Schau mich an, Junge. Schau mich an.“

„Worauf soll ich denn genau achten?“

„Schau einfach.“

Also, nun dachte ich mir, es wäre sicher das Beste, genau zu tun, worum mich der Vogel bat, bloß für den Fall, dass das hier alles wirklich passierte, darum saß ich einfach da und schaute ihn an. Und dann passierte etwas ganz Phantastisches. Ich weiß gar nicht genau, wie es passierte, um ehrlich zu sein. Aber während ich ihn anschaute, sah ich doch das Verrückteste von der Welt. Eben saß Rotvogel noch im Kirschbaum und ganz plötzlich und unvermittelt saß er nun am Ende meines Bettes auf dem Bettpfosten. Ganz ehrlich. Meine Augen müssen mir fast aus dem Kopf gefallen sein, weil der Vogel nun sagte: „Was ist los mit dir, Junge, hast du etwa noch nie ein Wunder gesehen?"

Ich war so perplex, dass ich nichts sagen konnte. Ich dachte darüber nach, wie er überhaupt durch das Glas des Fensters gekommen sein könnte, denn das Fenster war fest verschlossen. Wie konnte er da durch, ohne es vorher zu öffnen? Es war fast so, als wäre das Glas für ihn gar nicht da gewesen. Was ging hier eigentlich vor?

„Weil wir jetzt Freunde sind", sagte er, „ist es, glaube ich, an der Zeit, dass wir uns mit unseren Vornamen ansprechen, Lucas. Findest du nicht auch?"

„Hey, woher weißt du meinen Namen?"

Darauf antwortete er nicht, sondern sagte: „Warum nennst du mich nicht einfach Lightwing, lichter, leichter Flügel? Ja, ich glaube, das ist gut. Es ist sanft für die Ohren und süß auf der Zunge. Was meinst du?"

„Ja klar", sagte ich „das hört sich sehr gut an, Herr Lightwing."

„Wir haben eine Menge Arbeit zu erledigen, Lucas, besser gesagt du, darum glaube ich, ist es am besten, damit gleich anzufangen. Es wird bald hell werden und ich muss noch einige andere Besuche machen und ich möchte niemanden warten lassen."

„Arbeit? Was für eine Arbeit? Ich kann eigentlich nichts besonders gut, außer Traumwandeln."

„Was wäre, wenn ich dir sagen würde, dass du all die Dinge, von denen du geträumt hast, wirklich tun kannst, was würdest du davon halten, mein Freund?“

Um ehrlich zu sein war ich so überrascht, dies zu hören, dass ich nicht wusste, was ich sagen sollte, und schwieg deshalb.

„Ich glaube, dass es Zeit wird, dich aus dem Rollstuhl zu holen und in die wirkliche Welt zu bringen.“

Eine Sekunde lang glaubte ich, nicht richtig gehört zu haben. „Die wirkliche Welt?“, fragte ich.

„Was sagst du dazu, mein Junge?“

„Wovon redest du eigentlich?“

„Gefällt dir diese Vorstellung?“

„Aber ich lebe doch schon in der wirklichen Welt!“, entgegnete ich.

Er war ein Minute still und dann sagte er ganz sanft: „Woher weißt du das?“

„Willst du mich auf den Arm nehmen oder was?“

Und dann sagte er wieder: „Woher weißt du das so genau, Lucas?“

Ich dachte mir, dass ich mir lieber etwas richtig Gutes ausdenken sollte, damit er nicht glaubte, ich sei irgend so ein dummer Junge, deshalb sagte ich:

„Nun ja, ich kann doch Dinge sehen und anfassen. Ich kann Geräusche hören – und ich kann Schmerz wahrnehmen – und außerdem kann ich ja dich sehen und hören. Meinst du nicht auch, das ist Beweis genug?“

„Noch was?“, fragte er.

So allmählich kam ich nun doch etwas durcheinander. Worauf wollte er denn eigentlich hinaus? Ich sollte aus meinem Rollstuhl rauskommen? In der richtigen Welt? Und nicht mehr träumen? Es ist sehr leicht, so zu reden, wenn man einfach auf und davon fliegen kann, wann immer man das will. Es ist aber etwas anderes, wenn man so wie ich nur ab und zu mal ganz kurz aufstehen kann, ohne gleich wieder umzufallen.

„Das habe ich gehört, Lucas!"

„Aber ich habe doch gar nichts gesagt", antwortete ich.

„Ich habe deinen Gedanken zugehört", sagte er.

Das schockte mich jetzt aber wirklich: „Du hast was?"

„Wenn du nicht willst, dass ich höre, was du denkst, dann denke es einfach nicht. Verstehst du?"

Wie sollte ich das denn verstehen? Jetzt war ich schon so verwirrt im Kopf, dass ich mir fast wünschte, er würde wegfliegen – aber nicht wirklich.

„Mach dir deswegen keine Gedanken, ich bin in einer Minute sowieso weg, aber vorher möchte ich, dass du mir genau zuhörst."

„Gut, ich höre, worum geht es denn?"

„Für dich ist die Zeit zum Aufwachen gekommen. Kein Träumen mehr für dich. Du kannst mit deiner Zeit etwas Besseres anfangen. Die Sterne warten schon und es wird Zeit, sich dem Morgen zuzuwenden."

„Worauf genau warten denn die Sterne?", fragte ich in der Hoffnung, nicht ungehobelt zu klingen.

„Sie warten darauf, dass du aufwachst und das Leben lebst, das auf dich wartet."

„Aber ich bin doch wach! Kannst du das denn nicht sehen? Meine Augen sind doch ganz weit offen." Ich muss wohl etwas unhöflich geklungen haben, denn er sagte nichts weiter. Er saß einfach nur da, während er mich still anschaute, und eine Sekunde lang war es mir, als lächelte er mich an. Für mich sah es jedenfalls so aus.

„Warum legst du dich nicht einfach bequem zurück, schließt die Augen und ruhst einen Augenblick aus, und bevor du überhaupt was merkst, bin ich schon wieder unterwegs."

Inzwischen drehte sich mir der Kopf und da dieser Vorschlag mir sehr gut gefiel, tat ich, was er sagte, und alles erschien mir plötzlich so friedlich. Nach ein paar Minuten öffnete ich die Augen wieder und sah, dass Lightwing weg war. Ich hatte nicht mal das leichte Rauschen seiner Flügel gehört. Ich wunderte mich darüber.

War er vielleicht wütend auf mich? Und wie war er durch das Dachfenster gekommen? Vielleicht hatte er ja beschlossen, nie wieder zu kommen. Vielleicht dachte er ja, dass ich den ganzen Aufwand gar nicht wert war.

Aber da waren so viele Fragen in mir, die ich ihm gerne gestellt hätte. Er konnte doch nicht einfach alles in meiner Welt auf den Kopf stellen und dann einfach abhauen. Das wäre ganz und gar unrecht.

In dem Moment wollte ich nur, dass er zurückkäme. Das wollte ich sogar noch mehr als laufen können. Aber wenn er nun nicht zurückkäme, was dann?

„Mr. Lightwing“, weinte ich laut, „bitte vergib mir, wenn ich deine Gefühle verletzt haben sollte. Ich bin doch bloß ein Junge, der nicht gehen kann, und ich weiß doch nicht viel über die Welt da draußen. Darum komm doch bitte wieder zu mir zurück und rede wieder mit mir und schau mich wieder so an wie vorher. Willst du das bitte, bitte für mich tun? Wenn ich dich irgendwie verletzt habe, tut es mir leid. Ich warte jede Nacht auf dich und ich verspreche, dass ich noch genauer hinhören werde und versuchen werde zu verstehen, was du von mir willst. So etwas ist in meinem Leben noch nie passiert.

Ich möchte wirklich wissen, worauf die Sterne warten, und ich möchte gerne etwas über diesen speziellen Morgen erfahren. Und, Mr. Lightwing, ich wollte einfach nur sagen, dass ich – dass ich dich liebe. Ich liebe dich und ich brauche dich, bitte verlasse mich deshalb nicht. Ich bete, dass du bald, sehr bald zu mir zurückkommst. Ich werde jeden Abend auf dich warten.“

Mehrere Tage vergingen ohne ein Zeichen von Lightwing. Vielleicht war ich ja auch einfach verrückt geworden. Vögel, die sprechen! Sterne, die auf etwas warten! Ich fing langsam an, mir zu wünschen, dass das Ganze gar nicht passiert wäre. Wer weiß, vielleicht war es ja wirklich nicht passiert. Vielleicht war das ja wieder nur einer meiner Träume und es würde sich deshalb auch nicht wirklich etwas für mich ändern. Ich wünschte mir sogar, dass ich aufhören würde zu träumen, denn dadurch ließ es sich immer schwerer aushalten, wach zu sein. Ich kann dir sagen, es ist ganz und gar nicht einfach, in zwei Welten auf einmal zu leben.

Man weiß einfach nicht mehr, auf was man sich verlassen kann. Ich meine, ein Bursche muss doch wissen, was wirklich ist und was nicht, meinst du nicht auch? Jedenfalls fand ich es nicht fair, mich so aufgewühlt zurückzulassen. Ganz und gar nicht.

# Kapitel 3

Rotvogel, Rotvogel, schon so lange weg.
Einsamer kleiner Junge, schon so lange allein.
Warum hast du Hoffen und Sehnen in ihm geweckt?
Ist es zu spät, zu spät für den Wandel?

Ich wurde immer unglücklicher, je mehr Zeit verging. Was sollte ich bloß machen, wenn Lightwing nie wieder käme? Ich musste ihn wieder sehen. Ich musste einfach und plötzlich, eines Nachts, als ich vor lauter Sorgen nicht einschlafen konnte, hörte ich:

„Also, wenn du diesen ganzen Mist aus deinem Kopf rausschmeißt, dann können wir vielleicht anfangen, was meinst du, Lucas?"

Ich setzte mich schnell im Bett auf und da saß Lightwing doch tatsächlich auf dem Bettpfosten, ohne dass ich vom Flattern der Flügel irgendetwas mitbekommen hätte.

„Lightwing!", schrie ich, „bist du das wirklich?"

„Wer sonst?", fragte er.

„Du bist zu mir zurückgekommen!", rief ich freudig.

„Wie sollte ich denn zurückkommen, wenn ich eigentlich gar nicht weg war?"

„Nie weg warst?", fragte ich.

„Ja genau!"

„Ja, aber du warst doch zehn Tage nicht da."

„Woher weißt du das?"

„Woher ich das weiß? Du willst mich wohl auf den Arm nehmen? Ich habe dich nirgendwo gesehen. Darum weiß ich das.“

„Ach, so. Du meinst, sehen heißt glauben. Versuchst du mir das zu sagen?“

„Ja, ganz recht. Ist es denn nicht so? Das weiß doch jeder.“

„Lucas Willing, wie viel du noch lernen musst.“

Das verwirrte mich ziemlich und darum fragte ich: „Nun ja, wo warst du denn dann die ganze Zeit? Sag mir das bitte.“

Er war einen Moment lang still und dann sagte er:

„Ich habe mich in deinem Herzen eingenistet und habe gewartet. Da ist es sehr schön, weißt du. Gemütlich und schön warm. Ich muss sagen, dass du ein wirklich gutes und bequemes Herz hast.“

„Du hast was – ich meine, du warst wo?“

„Du hast mich ganz gut verstanden. Ich habe in deinem Herzen gewartet.“

„Wie ist das denn möglich, ohne dass ich davon etwas merke? Und wie bist du da hinein gekommen?“

„Also, wenn ich ganz ehrlich sein soll, habe ich dein Herz nie wirklich verlassen.“

„Worüber redest du eigentlich, Lightwing?“ Langsam beschlich mich ein ungutes Gefühl.

„Ich musste da nicht hinein, so wie du das meinst. Weißt du, ich war schon von Anfang an drin.“

„Am Anfang von was?“

„Von dir.“

Jetzt hatte er mich aber wütend gemacht.

„Na, wenn das wirklich der Fall ist, warum hast du dann die ganzen Jahre gewartet, um mit mir zu reden?“

„Ich habe darauf gewartet, dass du mich rufst. Weil du dann bereit sein würdest, zuzuhören“

„Aber wie konnte ich dich denn rufen, wenn ich doch gar nichts von dir wusste?“

„Wenn du nach Liebe rufst, komme ich sofort. Liebe ist das Einzige, was ich anbieten kann, und wenn ich diesen Ruf höre, kann ich nicht widerstehen."

„Meinst du damit, dass du hören konntest, was ich gefühlt habe?"

„Laut und deutlich!"

„Als du vor einigen Nächten weggegangen bist, hast du gesagt, dass du noch andere Besuche machen musst."

„Ja, das ist richtig."

„Und hast du sie gemacht?"

„Ich versetze niemals jemanden. Und komme niemals eine Sekunde zu spät oder zu früh.."

„Also, wenn du doch noch an andere Orte gehen musstest, wie ist es dann möglich, dass du gleichzeitig auch hier bei mir warst?"

„Für einen klugen Jungen stellst du dich aber im Augenblick ziemlich an, muss ich sagen:"

„Ich tue mein Bestes, Lightwing."

„Nein, das glaube ich nicht. Du kannst es viel besser."

„Sag mir einfach nur eins: Wie ist es möglich, dass du an zwei Orten gleichzeitig sein kannst?"

„Zwei Orte? Wie wäre es mit einer Million Orte?"

„Eine Million?", schrie ich laut.

„Ja, und das ist erst der Anfang."

„Wie ist es dann möglich, dass ich dich hier sehe, wenn du auch noch bei jemandem bist, der weit weg ist? Und wie ist es möglich, dass ich dich eine Zeit lang nicht sehen konnte, obwohl du immer da warst?"

„Bitte sage mir etwas, Lucas."

„Ja sicher, was denn?"

„Wenn ich nicht hier vor dir sitzen würde, würdest du dann glauben, dass es mich überhaupt gibt?"

„Nein, wahrscheinlich nicht."

„Also, wenn du mich so vor dir siehst, so wie jetzt gerade, das ist sozusagen meine Visitenkarte, die meine Anwesenheit anzeigt. Ich bin einfach ziemlich höflich. Das ist alles ganz natürlich. Kannst du mir bis hierher folgen?"

„Ja, ich – ich glaube schon. Irgendwie jedenfalls."

„Bist du da ganz sicher?"

„Also gut. Ich verstehe, ich verstehe."

„Gut. Wenn du mich einmal gesehen hast und nun weißt, dass es mich gibt, brauchst du mich doch nicht jedes Mal zu sehen, wenn du mit mir reden willst, oder?"

„Was soll ich machen, mit der Luft reden?"

„Hörst du mir überhaupt richtig zu, Junge?"

„Also, wenn ich mit dir rede, ohne dich zu sehen, woher weiß ich dann ganz sicher, dass du wirklich da bist und mir zuhörst? Wie kann ich sicher sein?"

„Ich glaube, du musst das einfach mal ausprobieren."

„Aber, wie kannst du mir antworten, so dass ich dich verstehe, wenn ich dich nicht sehen und hören kann?"

„Probiere es einfach mal aus."

„Versuchst du mir gerade zu erzählen, dass du für den Rest meines Lebens bei mir sein wirst?"

„Oh, länger, sogar viel, viel länger."

„Länger? Wie kann etwas länger als mein Leben sein?"

„Nun, mein lieber Junge, wir wollen die Dinge nicht zu kompliziert machen."

„Aber wenn ich tot bin, wie kannst du dann noch bei mir sein?"

„Also die Angelegenheit mit dem Tod ist wieder nur so eine Sache, die mit dem Traumwandeln zu tun hat, und ich habe dir doch schon gesagt, dass das hinter dir liegt."

„Der Tod ist ein Traum?"

„Darauf kannst du dich verlassen."

„Aber Lightwing, alle müssen sterben."

„Woher weißt du das so sicher?“

„Woher ich das weiß? Das ist aber eine dumme Frage.“

„Woher weißt du das?“

„Lightwing, die Erde ist voller Löcher, in die die Leute gelegt werden, die gestorben sind.“

„Und, sag mir, was genau tun sie in diese Löcher?“

„Was wohl, die toten Körper natürlich.“

„So, jetzt wirst du ein wenig vernünftiger.“

„Was meinst du damit?“

„Ich sagte dir doch, dass ich länger da sein werde, als alles andere in deinem Leben. Hast du das schon vergessen?“

„Ja.“

„Was würdest du sagen, wenn ich dir erklärte, dass ich schon bei dir war, bevor es dich überhaupt gab?“

„Was sagst du da?“

„Ich sage dir, dass du von sehr weit hergekommen bist und dass du noch einen weiten Weg vor dir hast.“

„Wie lang ist denn lang?“

„Na, ja, lang heißt eigentlich für immer, Lucas.“

„Für immer? Wirklich?“

„Wirklich wahr.“

„Aber was passiert denn dann am Ende von immer?“

„Es gibt eigentlich kein Ende im Immer.“

„Kein Ende?“

„Was die meisten Leute für das Ende halten, ist in Wirklichkeit mehr wie das Umsteigen von einer Straßenbahn in die nächste. Verstehst du das?“

„Du meinst also, dass es einen Trip nach dem anderen gibt und immer so weiter?“

„Wie hört sich das für dich an?“

„Aber was ist mit all diesen toten Körpern in der Erde? Was ist mit denen?“

„Masken. Halloweenmasken.“

„Verstehe ich nicht.“

„Das Kostüm vom letzten Jahr. Wirf es weg. Begrabe es. Verbrenne es. Was immer du willst. Zieh einfach ein neues an. Eines, mit dem du dir mehr Mühe gegeben hast. Trage dieses und zieh eines Tages wieder ein besseres, ein brauchbareres an.“

„Heiliger Bimbam.“

„Ich denke, damit könntest du irgendwie das Richtige getroffen haben.“

„Und heißt das auch, dass du immer da bist, wenn ich dich brauche?“

„Genau. Jetzt hast du verstanden, worum es geht.“

„Und du wirst mir immer antworten, so dass ich dich laut und deutlich hören kann?“

„Ich werde immer in einer Art und Weise antworten, die du verstehst.“

„Versprichst du mir das?“

„Natürlich, wie gut du zuhören wirst, hängt von dir ab. Ich werde immer antworten, aber du musst zuhören. Das ist deine Verantwortung bei unserem Abkommen.“

„Es gibt noch etwas, was ich unbedingt wissen möchte, Lightwing.“

„Und was mag das wohl sein? Hm?“

Ich musste wirklich meinen ganzen Mut zusammennehmen, um zu fragen:

„Du bist nicht zufällig nur ein Zaubervogel, den es nur in meiner Einbildung gibt, oder?“

„Was denkst du?“

„Also, na ja, hier ist irgendwas los, was ich nicht wirklich verstehen kann.“

„Dann sag mal, was los ist.“

Ungefähr eine Minute lang wusste ich nicht, was ich sagen sollte. Lightwing saß da mit diesem Lächeln, als wüsste er sowieso schon, was ich sagen wollte, und das war wahrscheinlich auch der Fall.

„So", sagte er, „frage frei heraus."

Ich schluckte und stieß dann hervor:

„Wer oder was bist du denn? Kannst du mir das sagen?"

„Noch etwas?", fragte er.

„Du musst einfach mehr sein als ein wirklich kluger Vogel. Irgendetwas Geheimnisvolles geht hier vor. Wer wird mir denn glauben, wenn ich erzähle, dass dieser rote Vogel einfach durch das Dachfenster kommt und sich mit mir mitten in der Nacht nett unterhält?"

„Mach dir darüber keine Gedanken."

„Ich soll mir darüber keine Gedanken machen? Die sperren mich bestimmt ein, weil sie glauben, ich sei verrückt geworden."

„Warum musst du denn überhaupt jemandem was erzählen? Du weißt die Wahrheit und das ist alles, was zählt."

„Das ist es ja gerade. Was ist denn nun die Wahrheit? Wer bist du? Ich muss das wissen. Warum kannst du mir das denn nicht sagen? Warum machst du darum so ein Geheimnis?"

„Hast du denn irgendeine Vorstellung, wer ich sein könnte?"

„Kannst du mir denn nicht einen kleinen Hinweise geben?"

„Hast du dich in den letzten Tagen nicht ein kleines bisschen weniger einsam gefühlt?"

„Ja, das stimmt. Es ist wunderbar, dass du da bist und ich mich mit jemandem unterhalten kann, der mich wirklich versteht."

„Und was ist mit deinen Beinen?"

„Was meinst du?"

„Hattest du Schmerzen in letzter Zeit?"

„Also jetzt, wo du das sagst ... sie tun weniger weh, eigentlich gar nicht mehr."

„Warum glaubst du, dass dem so ist?"

Ich begriff immer noch nicht, worauf er eigentlich hinaus wollte, darum sagte ich:

„Woher kommst du denn?"

„Eigentlich komme ich nirgends her."

Ah, großartig, dachte ich im Stillen, das hilft mir jetzt wirklich weiter. So kam ich nicht weiter. Ich glaube, dass Lightwing es mir ansehen konnte, dass ich hier Mühe hatte.

„Siehst du, es ist nämlich so", sagte er, „wo immer deine Gedanken hingehen, da bist auch du. Darum brauchst du nicht irgendwohin zu gehen, um dort zu sein."

Mir war, als würde mir das Wasser bis zum Hals stehen. Wenn mein Körper an einem Ort war und meine Gedanken an einem anderen, wo war dann mein wahres Ich? Erwartete er vielleicht, dass ich das allein herausfinden würde? Wer war ich denn in seinen Augen? Irgend so ein Genie?

„Also weißt du, das gerade habe ich gehört."

„Okay. Also wer bin ich denn dann, mein Körper oder – oder, oh Lightwing, kannst du mir nicht ein bisschen weiterhelfen?"

„Die Tatsache, dass du mir diese Frage gestellt hast, zeigt mir, dass du schon fast da bist."

„Fast wo?"

„Bei deinem wirklichen Selbst. Bei deiner eigenen wahren, liebevollen Natur."

„Ich sage dir das nicht gerne, aber ich glaube, du traust mir zuviel zu."

„Das ist ein ziemlich gutes Zeichen."

„Oh ja? Wofür ist das ein gutes Zeichen?"

„Ein Zeichen dafür, dass du reif bist für eine wirkliche Entwicklung. Du bist auf dem Weg nach oben und darüber hinaus."

„Ja und was hält mich zurück?"

„Du selber“, sagte er.

„Ich selber?“, stöhnte ich auf.

Aber bevor ich noch ein weiteres Wort sagen konnte, war da wieder das Flattern seiner Flügel zu hören und er war weg. Er verließ mich immer in ganz wichtigen Momenten. Warum machte er das nur? Immer blieb ich mit den großen Fragen allein zurück. Was erwartete er von mir? Versuchte er mir einzureden, dass ich nicht weiß, wer ich wirklich bin? Ich bin Lucas Willing. Ich bin fast zwölf Jahre alt und kann nicht gehen. Was könnte ich sonst noch sein, von dem ich nichts wusste? Und dann plötzlich sprang diese völlig verrückte Idee mich an. Versuchte er mir etwa zu sagen, dass alles, was ich über mich dachte, nur ein Traum ist und dass ich in Wirklichkeit jemand bin, von dem ich gar nichts weiß? Wie sollte so etwas überhaupt möglich sein? Wenn es das ist, was er meinte, wer bin ich denn dann? Und wenn all das wahr sein sollte, wie sollte ich dann etwas über mein wahres Selbst herausfinden?

Ich konnte die ganze Nacht nicht schlafen. Ich wälzte mich von einer Seite auf die andere und wurde immer unruhiger. Warum sagte er mir nicht einfach, wer er wirklich war? Warum das große Geheimnis? Sollte er sich noch mal zeigen, würde ich das ein für alle mal klären. Ich begann, mich zu fragen, wie es wohl sein würde, ihn bei seinen Rundbesuchen beobachten zu können. Flog er so von Haus zu Haus, immer dahin, wo jemand krank war, oder was? Ich fragte mich, was er tagsüber wohl tat. Und über all diesen Gedanken schlief ich dann endlich doch noch ein.

# Kapitel 4

Oh Kirschbaum im Morgennebel,
werde ich jemals all das wissen, was Rotvogel weiß?
Wird die Freude, die wir teilen beim Kuss der Sonne,
noch da sein, wenn Rotvogel gegangen ist?

Es vergingen viele Tage. Wo war Lightwing? So lange war er noch nie weggeblieben. Vielleicht hatte ich ihn enttäuscht und er hatte mich als hoffnungslosen Fall aufgegeben? Was würde ich nur machen, wenn er niemals wiederkommen würde? Er war mein Leben geworden. Ich wusste wohl, dass er nicht ständig bei mir sein konnte. Oder doch? Vielleicht konnte er da ja was arrangieren? Das hoffte ich ganz stark.

„Ich habe das alles gehört, Lucas Willing."

Ich schaute hoch zum Dachfenster und da saß Lightwing im Kirschbaum.

„Weißt du nicht, dass Gedanken schneller als Worte reisen? Hast du mir denn überhaupt nicht zugehört?"

Ich war so überglücklich, ihn zu sehen, dass ich laut ausrief:

„Lightwing, bitte komm herein und rede mit mir. Ich habe dich so schrecklich vermisst."

Wieder hörte ich dieses wunderschöne Flattern und da saß er schon auf dem Bettpfosten. Ich hatte ihn nicht mal durch das Fenster kommen sehen.

Einige Minuten lang saß er einfach nur da, mit geschlossenen Augen, ohne etwas zu sagen. Er schaute mich auch nicht an und ich wagte nicht, irgendwas zu sagen. Es schien, als würde er darauf warten, dass alles still würde und ich mich beruhigte. Bald aber öffnete er die Augen und schaute mich mit einem so innigen Blick an, der alles andere in der Welt unwichtig erscheinen ließ. Als er mich so anschaute, hatte ich das Gefühl, es gäbe keine Probleme mehr für mich, und das war auch etwas, was mich erstaunte.

„Manchmal", sagte er, „ist es gut, still zu sein. Das reinigt die Luft um uns herum von störenden Gedanken. Von jetzt an werden sich in diesem Raum nur die richtigen Gedanken treffen."

Plötzlich hatte ich das bestimmte Gefühl, dass etwas Fantastisches auf mich wartete, so dass ich zustimmend nickte.

„Ja, du hast ganz Recht", sagte er.

Langsam gewöhnte ich mich daran, dass er meine Gedanken hören konnte. Es kam mir allmählich völlig natürlich vor. Einige Momente lang schaute er mich sehr ernst an. Das machte mir ein bisschen Sorgen.

„Nun, worüber machst du dir Sorgen?"

Ich konnte nicht länger warten, deshalb platzte ich heraus: „Warum hast du meine Fragen nicht beantwortet? Wie lange muss ich darauf warten? Wie geduldig muss ein Mensch sein?"

Als ich mich selbst reden hörte, konnte ich nicht glauben, dass ich das wirklich gesagt hatte. Was jetzt, fragte ich mich. Ich drückte die Daumen und wartete einfach mal ab.

„Eigentlich, Lucas, ist deine Zeit gekommen."

„Oh, komm schon, Lightwing, wer bist du, woher kommst du und warum bist du zu mir gekommen? Und was meinst du überhaupt mit: deine Zeit ist gekommen?"

Er war eine Weile still und lächelte dieses himmlische Lächeln.

„Nun ja, Lucas, mein Lieber, ich bin dein wahres Selbst, deine wahre Natur."

„Du bist was?“

„Ich bin dir näher als dein Atem und ich komme aus der Liebe, die immer in deinem Herzen war.“

Wovon redete er eigentlich, dachte ich. Was ging hier vor?

„Du bist mein und ich bin dein und wir sind eins.“

Als ich ihn das sagen hörte, fühlte ich mich ganz seltsam. Und plötzlich fing ich an zu weinen. So geweint hatte ich noch nie in meinem Leben. Es schien mir, als würden viele ungeweinte Tränen jetzt geweint. Ich weinte Gefühle, die ich vorher noch nie gehabt hatte. Wenn ich früher weinte, dann wegen Schmerzen oder einem Gefühl des Unglücklichseins, aber dies hier war anders. Diese Tränen waren Tränen der Freude. Es war so, als würde ich nach hundert Jahren endlich wieder nach Hause kommen. Was geschah denn eigentlich mit mir? Was würde ich jetzt bloß tun? Denn die Welt, die ich kannte, bevor Lightwing in mein Leben kam, zerbrach in Stücke.

„Ich bin gekommen, um dir die Wahrheit zu sagen, Lucas.“

„Was meinst du damit? Die Wahrheit über was?“

„Na, die Wahrheit über uns alle“, sagte er.

„Das verstehe ich alles überhaupt nicht mehr. Bitte hilf mir.“

„Ich bin gekommen, um dir zu sagen, dass du nicht mehr träumen musst, um glücklich zu sein.“

„Aber Träumen ist mein Leben. Das ist es, was ich tun kann. Kannst du das nicht verstehen?“

„Oh Lucas, mein Lieber, du kannst noch viel mehr als das.“

„Was denn, Lightwing, was denn?“

„Nun ja, du kannst gehen.“

„Ich kann – was hast du gesagt?“

„Ich sagte, dass du gehen kannst.“

„Ich kann gehen?“

„Ist es nicht das, was du mehr als alles andere in der Welt wolltest?"

„Ja. Ja. Mehr als alles andere in der Welt."

„Die Sterne kommen nun zu dir und bald wirst du in deinen Morgen laufen."

„Aber ich bin doch verkrüppelt, Lightwing. Siehst du das nicht? Meine Beine gehorchen mir nicht. Wie soll ich denn da jemals laufen können?"

„Na, darum bin ich ja gekommen, um dir das zu sagen."

„Aber die Ärzte haben gesagt, dass ich niemals gehen werde. Sie sagen, dass so etwas in einem Fall wie dem meinen noch niemals passiert ist. Verstehst du?"

„Das sind ganz nette Leute, die das Beste wollen, Lucas, aber sie haben einen hoffnungslos veralteten Wissensstand."

„Was meinst du mit veraltetem Wissensstand?"

„Das Rezept für deine Art von Problemen gibt es schon sehr lange."

„Wieso haben dann die Ärzte mir das nicht gegeben, wenn es doch zur Verfügung steht?"

„Weil sie nicht wissen, wie man es findet und wie man es anwendet."

„Lightwing, worüber redest du eigentlich? Nur Gott kann mich wieder so herstellen, dass ich wieder laufen kann. Weißt du das nicht?"

Ganz plötzlich, in dem Moment, in dem ich das gesagt hatte, füllte sich der Raum mit Stille, und ich fühlte mich so ruhig und friedlich und irgendwie glücklicher als jemals zuvor in meinem Leben. Was war nur los? Träumte ich wieder? Einen Augenblick lang dachte ich, ich würde sterben und dass es genauso sein müsste, wenn man starb.

Ich schaute zu Lightwing hinüber, aber er sah gar nicht mehr so aus wie vorher. Er war irgendwie anders. Da war dieses seltsame Licht um ihn herum und seine Augen waren zu und er hatte dieses wundervolle Lächeln im Gesicht. Und dann begann das Licht, das ihn umgab, sich im ganzen Raum zu verbreiten. Das war kein Licht, wie ich es kannte. Es war kein weißes Licht, sondern weich, wunderschön rosa und es dehnte sich weiter und weiter aus, und dann merkte ich, dass ich selber plötzlich mitten in diesem rosa Glühen war. Und noch etwas bemerkte ich. Der ganze Raum fing an, wie ein Rosengarten im Sommer zu duften. Es überraschte mich selber, wie ruhig ich all das erlebte. Wieder dachte ich, dass ich bestimmt gestorben war und dass ich nun im Himmel aufgewacht war und dass es so bei den Sternen sein musste, aber eben noch besser.

Ich wollte Lightwing fragen, was das alles zu bedeuten hatte, aber als ich ihn ansah, war er gar nicht mehr der alte. Ich meine, er war schon noch immer derselbe und doch zur gleichen Zeit ganz anders. Er war nicht mehr so deutlich auszumachen wie vorher. Vorhin noch erschien er wie ein wunderschöner Vogel, aber jetzt löste er sich fast auf in diesem rosa Licht, das den Raum erfüllte. Ich saß einfach nur da und beobachtete ihn. Ich sah, dass sich seine Schwingen ein paar Mal auf und ab bewegten, so als wollte er gleich wegfliegen, aber das tat er nicht, vielmehr schien er noch mehr mit dem rosa Licht zu verschmelzen.

Ich fragte mich, was hier eigentlich geschah. War Lightwing nun für immer verschwunden? Würde das Leben nun wieder so sein, wie es vor seiner Ankunft war? Ich denke, ich hätte mir ein paar Sorgen machen müssen, aber das tat ich nicht. In Wahrheit schien das, was geschah, für mich in Ordnung zu sein. Ich legte mich im Bett zurück und überließ mich ganz der rosa Wolke. Ich wusste nur eins, dass ich mich noch niemals im Leben so wohl gefühlt hatte. Sollte ich tatsächlich gestorben sein und es nur noch nicht wissen, wollte ich auf keinen Fall zur normalen Welt zurück. Damit wäre ich einverstanden gewesen, weil ich mich noch nie so großartig gefühlt hatte wie eben jetzt. Lightwing hatte doch gesagt, dass die Sterne zu mir kommen würden und dass mein spezieller Morgen angebrochen sei. War es das, wovon er gesprochen hatte?

# Teil 2

# Kapitel 5

Oh himmlischer Vogel, Vogel des Lichts,
ruhe in meinem Herzen, leuchte hell,
singe zu meiner Seele, auf dass ich hören kann
und den Stachel der Angst nie spüre.

Einige Wochen gingen vorüber und ich dachte fast die ganze Zeit über das nach, was passiert war. Was hatte all das zu bedeuten? Was versuchte Lightwing mit mir zu machen? Worauf lief das alles im Endeffekt hinaus? Warum war er überhaupt zu mir gekommen?

Jeden Tag nahmen mich meine Eltern mit hinaus in den Garten. Ich lag dann unter dem Kirschbaum und schaute durch die Zweige nach oben, in der Hoffnung, dass vielleicht Lightwing eines Tages da oben sitzen würde. Vielleicht würde er mir dann sagen, dass er im Moment viele Besuche machen musste und er mich darum so lange warten lassen musste. Aber ganz tief in meinem Herzen wusste ich, dass es nicht so sein würde. Ich wusste irgendwie, dass ich Lightwing so, wie ich ihn kannte, nicht mehr sehen würde. Es war überraschend festzustellen, dass mich das gar nicht so sehr störte. Wenn dich ein guter Freund für immer verlassen würde, würdest du dich doch auch ziemlich schlecht fühlen, dachte ich. Aber so war das in diesem Fall eben nicht. Ich weiß, dass das nicht wirklich einen Sinn ergibt, aber ich hatte das Gefühl, als hätte diese ganze Geschichte noch nicht ihr Ende gefunden. Irgendwie schien es mir – ich weiß gar nicht genau, wie ich das ausdrücken soll –, als sei alles noch nicht wirklich fertig. Aber was war es denn, was unfertig war? Das konnte ich beim besten Willen nicht sagen.

Und außerdem sollte ich dir noch erzählen, dass seit dem Tage, als mich Lightwing verließ, auch der Schmerz in meinen Beinen wie weggeblasen war. Ich wache nun nicht mehr mitten in der Nacht vor Schmerzen auf, und das ist wirklich großartig. Ich kann friedlich die ganze Nacht durchschlafen, ohne aufzuwachen. Das musste eine Art von Wunder sein, denn wie sonst sollte so etwas möglich sein? Deshalb war jede Nacht wie Weihnachten für mich, vielleicht sogar besser. Einige Zeit hatte ich noch Angst, dass das nicht so bleiben würde, dass der Schmerz wiederkommen würde und dass alles zu schön war, um wahr zu sein.

Aber es blieb so und ich wunderte mich darüber, wie es Lightwing möglich war, so etwas für mich zu tun, wenn all die Ärzte ratlos waren. Ich hatte nie erlebt, wie es war, ohne Schmerz zu leben. Wie konnte mir so etwas Himmlisches geschehen und wer war der, der es getan hatte? Lightwing oder Gott oder wer? Ich dachte, ich müsste doch jemandem für dieses großartige Geschenk danken, aber wem?

An einem schönen, warmen Tag lag ich auf einer Decke unter dem Kirschbaum, der in voller Blüte stand. Ich liebte es, hinauf in die Äste voller Blüten zu schauen und den hellblauen Himmel zu sehen, wo die kleinen weißen Wolken vorüberzogen. Diese Stunden waren immer perfekt. Denn ich spürte, dass der Baum, der Himmel, die Wolken und ich ein kleines besonderes Geheimnis teilten. Wir hatten eine Welt ganz für uns und wir waren alleine darin. Diese Stunden, die wir zusammen verbrachten, bedeuteten mir sehr viel. Das heißt, bis Lightwing in mein Leben kam.

Eines Nachmittags, während ich mich an all dem freute, machte ich meine Augen zu und ließ mich einfach treiben. Das ist ja nicht so schwer, wenn alles friedlich ist und ich keine Schmerzen habe. Und dann, einen Moment lang, glaubte ich, etwas gehört zu haben. Erst dachte ich, es wäre der Wind, der durch die Bäume weht, aber es regte sich kein Lüftchen. Es bewegte sich überhaupt nichts. Es war eigenartig. Es schien, als hätte die Welt plötzlich angehalten. Es flogen keine Vögel, die Bienen summten nicht – einfach nichts.

Und dann glaubte ich, dass jemand meinen Namen rief. Ich setzte mich auf und schaute umher, konnte aber niemanden sehen. Schon dachte ich, ich hätte mir das alles eingebildet. Einige Minuten vergingen und dann hörte ich es wieder:

„Lucas, Lucas, mein Junge."

Donnerwetter, ich hatte doch meinen Namen gehört. Ich war ganz sicher. Woher kam denn das? Spielte jemand mit mir? Ich schaute überall herum, sogar nach oben in den Kirschbaum, konnte aber niemanden sehen. Was war hier los? Wer würde so ein dummes Spiel denn überhaupt spielen? Dann hörte ich ganz deutlich:

„Heißt das etwa, dass du mich schon vergessen hast, Lucas?"

„Wer ist denn da?", rief ich. „Wer bist du? Komm heraus, wo ich dich sehen kann."

„Aber das ist kein Spiel, Lucas. Das ist der Moment, auf den du so lange gewartet hast."

„Lightwing", rief ich, „bist du das?"

„Erinnerst du dich an mich?"

„Wo versteckst du dich denn? Warum kann ich dich nicht sehen?"

„Langsam. Schrei nicht so. Ich bin ja hier."

„Wo denn? Wo? Warum kommst du nicht raus, damit ich dich sehen kann?"

„Ich fürchte, dass du in die falsche Richtung schaust."

„Wohin soll ich denn gucken? Wohin? Sag es mir doch bitte, damit ich dich sehen kann. Bitte."

Einen Moment lang war es absolut still und dann:

„Nun, ich bin dir im Moment näher als dein eigener Atem, Lucas. Näher noch als dein Herzschlag. Erinnerst du dich nicht?“

Eine Sekunde lang konnte ich nicht glauben, dass ich all das hörte.

„Du hörst vollkommen richtig“, kam gleich die Antwort. „Ich sagte dir doch, dass, wenn du nicht willst, dass ich höre, was du denkst, dann denke es nicht.“

„Dann bist du das wirklich? Genau so wie vorher?“

„Ja, genau wie vorher, nur besser.“

„Besser? Wie kann es denn besser als vorher werden?“

„Geduld, Lucas. Da kommst du schon noch hin.“

„Wohin komme ich? Und warum kann ich dich nicht sehen? Ich möchte das wirklich sehr.“

„Ich habe dir doch schon gesagt, dass du in die falsche Richtung schaust.“

„Na gut, wohin soll ich denn schauen? Ich habe doch schon überall nachgesehen.“

„Schau nach innen, Lucas. Schau nach innen.“

„Innen? Wo innen?“

„In dein Herz. Ganz tief in dein eigenes süßes Herz.“

„In mein Herz?“

„Erinnerst du dich? Ich wohne immer in deinem Herzen. Und von jetzt an kannst du mich immer dort finden.“

Ich konnte das alles nicht verstehen. Meinte er, dass er in meinem Herzen so saß wie auf dem Bettpfosten? Wie war das möglich? Wie kam er denn da rein, ohne dass ich das bemerkte? Das ergab alles gar keinen Sinn. Irgendwie kam ich mir auch ziemlich blöd vor, mit jemandem zu sprechen, den ich gar nicht sehen konnte und der sagte, dass er in meinem Herzen wohnte.

„Willst du mir erzählen, dass du wirklich da drin bist?“

„Eigentlich ist es vielmehr so, dass ich niemals woanders war.“

„Willst du damit sagen, dass ich die ganze Zeit mit dir hätte reden können und du hättest mich gehört und mir geantwortet, so wie vorher auch?“

„Die ganze Zeit. Wie auf dem Bettpfosten. Erinnerst du dich, dass ich dir sagte, ich sei dein und du seist mein und wir seien eins?“

„Ja, ich erinnere mich.“

„Wenn wir also eins sind, können wir niemals getrennt werden. Kannst du mir folgen?“

„Ich – ich glaube, ja. Irgendwie.“

„Irgendwie ist nicht gut genug. Bist du dir sicher?“

„Nun, all das ist ziemlich schwer zu verdauen, Lightwing.“

„Da hast du Unrecht. Es ist nämlich ganz einfach.“

„Einfach!“

„Das ist ja gerade das Schöne.“

„Und was passiert nun? Was machen wir nun weiter?“

„Darum bin ich hergekommen, um dir das zu erzählen.“

„Was?“

„Ich werde dir den Schlüssel geben, mit dem du all deine Probleme lösen kannst. Vielleicht brauchst du mich dann nicht mehr zu rufen, obwohl ich dir immer antworten werde, wenn du es tust.“

„Aber ich möchte immer mit dir reden. Das weißt du doch. Du bist der beste Freund, den jemand haben könnte. Wem sonst kann ich so vertrauen, auf wen kann ich mich so verlassen wie auf dich?“

„Dränge mich nicht“, sagte er.

„Welche Art von Schlüssel meinst du denn?“

„Wenn du diesen Schlüssel richtig gebrauchst, Lucas, dann gebrauchst du mich.“

Das hört sich wieder ziemlich schwierig an, dachte ich leise.

„So, was muss ich also tun?“

„Bitte verstehe, dass du nichts zu tun brauchst, was du nicht willst. Du hast immer die Wahl.“

„Was passiert, wenn ich den Schlüssel nicht benutze?“

„Unglück passiert dann.“

Das mochte ich nicht so gern hören, deshalb antwortete ich schnell:

„Okay, okay, ich will ihn ja mal ausprobieren. Was nun?“

Es folgte wieder einer dieser stillen Momente. Ich gewöhnte mich langsam daran. Aber immer noch überlegte ich, ob er vielleicht weggegangen war. Vielleicht mochte er meine Einstellung zu diesem Thema nicht.

„Mach mal halblang. Ich bin ja hier.“

„Also, was ist das nun für ein Schlüssel und was kann er für mich tun?“

„Liebe, Lucas.“

„Was meinst du damit?“

„Liebe ist der Schlüssel, den ich dir gebe.“

„Ich kapier es nicht. Der Schlüssel für was?“

„Für das Leben, für immer und ewig.“

„Ich verstehe immer noch nicht.“

„Weil du es mit dem Kopf verstehen willst.“

„Was ist daran falsch?“

„Das ist eine Sackgasse.“

„Aber wie soll ich das denn dann verstehen?“

„Mit der Liebe, die in deinem Herzen ist. Die wartet schon die ganze Zeit darauf, dass du sie einsetzt.“

Das war plötzlich eine solch große Bürde, dass mir ein bisschen schwindelig wurde. Ich wusste einfach nicht, was ich sagen sollte.

„Ich warte schon dein ganzes Leben darauf, dass du mich gebrauchst.“

„Du tust was?“

„Du hast mich ganz gut verstanden."

„Dich gebrauchen? Wie denn?"

„Lucas Willing, ich bin die Liebe, die in deinem Herzen wohnt. Ich bin der Schlüssel."

„Du bist – aber gerade hast du doch noch gesagt, dass Liebe der Schlüssel ist."

„Da gibt es keinen Unterschied, weißt du."

„Aber wenn du die Liebe bist und die Liebe der Schlüssel, wer ist dann Rotvogel?"

„Ich habe viele Formen, Lucas. Der rote Vogel ist nur eine von Millionen. Der rote Vogel war für dich am besten, weil du ihn erkennen konntest, für andere bin ich vielleicht ein Grashüpfer oder eine Rose."

„Was habe ich denn in ihm erkannt?"

„Dass er dich liebt und dass du bei ihm sicher bist."

„Und was soll ich jetzt tun?"

„Fange an zu lieben."

„Oh, ich liebe verschiedenes", sagte ich. „Ich liebe meine Eltern und – und noch anderes."

„Was denn zum Beispiel?"

„Nun, ja. Du weißt schon, andere Dinge eben."

„Lucas, damit kratzt du noch nicht einmal die Oberfläche an."

„Was soll ich denn lieben, sag's mir."

„Alle Menschen."

„Was?", sagte ich, völlig überrascht. „Ja und wie soll das gehen? Viele Leute kann man kaum mögen, geschweige denn lieben. Warum sollte ich mir die Mühe machen?"

„Weil ich in allen bin, genauso wie in dir."

„Bist du das? Wirklich?"

„Wenn du auf jemanden wütend bist, dann bist du wütend auf mich. Wenn du jemandem weh tust, dann tust du mir weh. Wenn du jemanden hasst, dann hasst du mich."

Ich konnte nicht glauben, dass ich all das richtig hörte. Wie konnte es denn sein, dass ich auf Lightwing wütend war, wenn ich auf jemand anderen wütend war? Ich könnte doch niemals auf ihn wütend sein. Ich liebte ihn doch mehr als alles andere auf der Welt. Wie konnte er so etwas zu mir sagen?

„Lucas, du kannst nicht den einen hassen und den anderen lieben. Du kannst nicht jemanden wegschubsen und jemand anderen festhalten. So geht das einfach nicht."

„Das verstehe ich nicht. Warum nicht?"

„Wenn du jemanden oder etwas hasst, dann ist das so, als sagtest du, dass ich nicht existiere."

„Lightwing, du machst mich ganz konfus."

„Nun, das ist ein gutes Zeichen."

„Was ist denn so gut daran?"

„Weil viele deiner alten Vorstellungen über die Liebe sich jetzt gestört fühlen und laut aufschreien."

„Lightwing, wie soll ich das alles jemals verstehen?"

„Oh, das ist ganz einfach."

„Was ist denn daran einfach?"

„Sagte ich dir doch schon. Lass deine Liebe einfach hingehen, wohin sie will. Lass sie einfach zu allen fließen. Das ist wirklich alles, was du verstehen musst."

„Nichts sonst?", fragte ich ein wenig hilflos.

„Doch."

„Was denn noch?"

„Warum beginnst du nicht mit dem Versuch, in allem etwas Gutes zu sehen."

„Du mutest mir ganz schön viel zu, weißt du das. Vergiss bitte nicht, dass ich bloß ein Mensch bin."

„Nun, das ist auch so eine Sache."

„Was genau?"

„Dass du denkst, du seist bloß ein Mensch."

„Also, wenn ich kein Mensch bin, was bin ich denn dann?"

„Glaubst du, dass ich ein Mensch bin?“

„Nun ja, es siehst ganz bestimmt nicht so aus.“

„Dann überlege mal: Wenn ich ein Teil von dir bin und du ein Teil von mir, wie kann es dann sein, dass du bloß ein Mensch bist? Verstehst du, was ich damit meine?“

„Hör mal, Lightwing, wenn du erwartest, dass ich all dies verstehe, meinst du nicht, dass es dann besser wäre, mir zu sagen, wer du in Wahrheit bist? Meinst du nicht, dass es jetzt langsam an der Zeit dazu wäre?“

„Aber das muss ich gar nicht.“

„Oh ja? Warum nicht?“

„Weil du das selbst herausfinden wirst.“

„Werde ich das?“

„Ja, es ist alles direkt vor dir.“

„Und dann verrätst du mir alles, richtig?“

„Was immer du annehmen kannst, das werde ich dir geben.“

„Und dann weiß ich alles, was du weißt?“

„Du weißt eine Menge. Sobald wir dich auf die Beine gebracht haben, kannst du vieles selber herausfinden.“

Eine Minute lang war ich so perplex, ich konnte nicht mehr richtig geradeaus denken.

„Was meinst du damit, mich auf die Beine bringen?“

„Du hast schon richtig gehört, dich auf die Beine bringen.“

Mein Herz fing wieder an schneller zu schlagen.

„Lightwing, worüber redest du denn da? Wie soll ich jemals auf die Beine kommen? Wie denn?“

„Hast du denn schon vergessen, was du tun kannst?“

„Versuchst du mir zu sagen, dass ich wieder gehen kann, wenn ich alle liebe?“

„Das ist der Schlüssel für jedes Problem, das du jemals haben wirst.“

„Das verstehe ich nicht, Lightwing. Wie funktioniert das denn genau? Kannst du mir das sagen?“

„Liebe, Lucas, ist das Einzige, das bleibt. Es ist die einzige Kraft, auf die du zählen kannst und die dich niemals im Stich lässt. Um es genau zu sagen, eigentlich gibt es gar nichts anderes."

„Aber es gibt doch ein paar ganz ausgekochte Leute auf der Welt. Die solltest du mal erleben."

„Ich kenne sie alle sehr gut."

„Du kennst sie? Nun, was ist denn mit denen?"

„Diese Leute sind nicht dein Problem."

„Wie kannst du das sagen? Es tut nämlich ziemlich weh, wenn mich jemand auslacht, weil ich daherhumpele."

„Das ist genau der Augenblick, in dem du den Schlüssel benutzen musst."

„Was genau soll ich denn machen, wenn so was passiert?"

Für einen Moment war es wieder so still und ich hatte schon Angst, er könnte wegfliegen und mich allein lassen.

„Liebe sie", sagte er.

„Was? Lightwing, weißt du, was du da verlangst?"

„Wenn dich jemand auslacht, dann denke daran, dass ich auch in ihm bin, noch bevor du etwas anderes sagst, denkst oder tust, und fange an, ihn zu lieben."

„Wie soll ich das denn schaffen? Sag mir das mal."

„Üben, mein Junge. Übe, und dann übe noch mehr. Irgendwann ist es da."

„Meinst du damit, dass sich alles verändern wird, wenn ich das kann, was du hier vorschlägst?"

„Alles."

„Werde ich dann wie andere Menschen gehen können?"

„Fange an zu lieben und warte ab, was dann geschieht."

„Was passiert denn, wenn ich anfange mit dem Lieben und es nicht schaffe? Was dann?"

„Dann musst du wieder von ganz vorne anfangen."

„Womit anfangen?"

„Mit einem anderen Leben."

„Mit einem anderen was?"

„Ich sage dir, dass du alles noch einmal durchlaufen musst, bis du anfängst, den Schlüssel zu nutzen. Es hängt ganz von dir ab."

„Verstehe ich nicht. Was meinst du mit alles noch einmal? Wenn ich nun sterbe – "

„Moment mal. Beruhige dich, bitte."

„Aber wenn man tot ist, ist man tot, Lightwing. Wie soll das denn gehen, dass ich alles noch einmal durchlaufe, wenn ich doch tot bin?"

Sobald ich das gesagt hatte, wusste ich, dass wieder so eine stille Zeit kommen würde. Es war fast so, als gäbe er mir ein wenig Zeit, mich zu beruhigen, wenn ich mich zu sehr aufregte.

„Das ist richtig", sagte er, „erinnerst du dich an die Halloweenmasken, über die wir schon mal gesprochen haben?"

„Ja. Was ist mit denen?"

„Bis zu dem Zeitpunkt, an dem du gelernt hast, den Schlüssel zu nutzen, wirst du immer wieder eine von den Masken aufsetzen, eine nach der anderen."

„Aber das will ich nicht ewig tun. Ich mochte Halloween noch nie so richtig."

„Dann fange an zu üben."

„Wirst du mir dabei helfen?"

„Immer."

„Können wir immer zusammen sein?"

„Wir sind noch niemals getrennt gewesen, erinnerst du dich?"

„Ich wünschte, ich könnte dich wiedersehen."

„Das wirst du."

„Wann?"

„Je mehr du lieben kannst, desto klarer werde ich für dich."

„Was ist, wenn ich unterwegs ein Problem habe?"
„Gib es einfach mir."
„Meinst du das wirklich ernst?"
„Probier es aus."
„Lightwing?"
„Ja."
„Meinst du, dass – nun ja, dass es möglich ist, dass wir immer zusammen bleiben können?"
„Natürlich, bist du denn nicht schon jetzt im Immer?"
„Und versprichst du, dass du mich immer beschützen und leiten wirst?"
„Habe ich das nicht schon immer getan?"
„Oh, ja. Ich vergesse das manchmal."
„Jetzt wird es Zeit, mal zu üben, findest du nicht auch?"
„Ja, sieht so aus."
Bei dem Gedanken erzitterte ich innerlich ein wenig. Diese Sache mit dem Lieben erschien mir ein riesiger Berg zu sein.
„Berge sind zum Besteigen da, Lucas."
Lightwing hatte wieder meinen Gedanken gelauscht, wie immer. Ich war darüber immer und immer wieder überrascht. Schon eine ganze Weile hatte ich ihn etwas fragen wollen, mich aber nicht getraut.

Aber wenn ich schon das Bergsteigen anfing mit diesen Schienen an den Beinen, dann musste ich das einfach wissen. Ich dachte: jetzt oder niemals, weil ich wirklich alle Hilfe, die ich haben konnte, brauchte, wenn ich tatsächlich anfing, alle zu lieben.

Ich wartete noch einige Sekunden, um Mut zu fassen. Ich konnte kaum noch atmen und ich dachte schon, dass mein Herz platzen würde.

„Sag es schon, Lucas, du dummer Junge, sag es oder du verpasst deine Chance."

Wenn Lightwing doch immer wusste, was ich dachte, warum machte er es mir jetzt nicht leichter? Warum ließ er mich so zappeln?

„Lightwing, bist du noch da?“, rief ich. Keine Antwort. Was nun? Ich frage ihn auf jeden Fall. Wo immer er war, in mir oder außerhalb, würde er es doch hören und antworten. Er hatte ja versprochen, dass er mich niemals allein lassen würde.

Ich wollte meine Frage hinausschreien, um sicher zu gehen, dass er mich auch hörte. Ich öffnete also meinen Mund, um zu rufen, aber nicht ein Ton kam heraus. Tränen schossen mir in die Augen. Dann dachte ich: Lightwing, bist – bist du Gott? Bist du? Bitte, sag mir das. Ich muss das einfach wissen.

Und wieder war es still, ganz lange, aber dann hörte ich etwas, als käme es aus weiter Ferne:

„Wenn Lucas wirklich will, wird er es herausfinden.“

„Aber Lightwing – “

„Wenn Lucas wirklich will.“

Ich weiß nicht genau, was nun geschah, aber auf eine ganz seltsame Art spürte ich, dass alles irgendwie perfekt war.

Wie konnte das so schnell gehen? Wie war es möglich, dass ich mich plötzlich so glücklich fühlte? Warum war ich mit allem, was geschehen war, einverstanden? Was ging hier eigentlich vor? Was war denn jetzt anders, nachdem Lightwing zu mir gekommen war? Und was er über das Lieben sagte. Meinte er wirklich, dass die Liebe die Antwort auf alle Probleme war?

War es wirklich so einfach? Wenn das wahr war, dann war in dieser Welt alles möglich. Vielleicht musste ich nicht mehr nur in meinen Träumen laufen und die Sterne würden zu mir herab kommen und dieser besondere Morgen würde jederzeit anbrechen können, sogar schon morgen. Oder er war sogar schon da.

Ich legte mich auf meiner Decke zurück und dachte über alles noch einmal nach. Würde irgend jemand verstehen können, was mir da geschehen war? Was könnte ich erzählen, das einen Sinn ergab? Ich vermutete, die anderen Menschen würden erst verstehen können, wenn ich aufstehen und gehen würde wie andere auch. Wenn ich doch nur auf diesen Berg hinauf könnte, von dem Lightwing gesprochen hatte, Dann könnte ich vielleicht wirklich wieder auf die Beine kommen. Deshalb dachte ich, es wäre das Beste, gleich mit dem Lieben-üben anzufangen.

Ich stellte mir vor, was wohl meine Eltern und die Ärzte sagen würden, wenn sie mich plötzlich eines Tages laufen sehen könnten. Was würden sie denken? Wie könnte ich ihnen das erklären?

Vielleicht könnte ich ihnen sagen, dass ich in einer dunklen und einsamen Nacht die Liebe unter einem Kirschbaum gefunden hatte.

# Kapitel 6

Rotvogel, Lightwing, Begleiter meines Lebens,
meine Reise ist weit, die Nächte sind lang.
Ich warte auf den Morgen, das Ende meines Sehnens,
auf einen Flügelschlag und ein süßes Liebeslied.

Ein Jahr war vergangen, seit wir unsere Unterhaltung unter dem Kirschbaum hatten und seit Lightwing weg war. Zumindest konnte ich ihn nicht mehr direkt sehen. Er hatte zwar gesagt, dass er immer bei mir, in meinem Herzen, sein würde, aber irgendwie wünschte ich mir trotzdem, dass ich ihn wieder sehen könnte und seine Stimme hören und das Liebeslicht in seinen Augen erleben könnte, so wie früher eben.

Weil ich ihn nicht sehen konnte, wurde es immer schwerer, mit ihm zureden, obwohl er ja gesagt hatte, dass er alles hören könnte, was ich dachte. Wenn er sich doch wenigstens dann mal zeigen würde, wenn die Dinge schwierig wurden, das hätte mir geholfen. Er müsste nicht mal mit mir reden. Ich wäre schon mit ein oder zwei Worten von ihm zufrieden. Jede Nacht schaute ich deshalb zum Dachfenster hoch und bat ihn, sich zu zeigen. Es wäre so toll, wenn er einfach nur auf dem Bettpfosten sitzen und mich anschauen würde. Ich glaubte, dass ich ihn unbedingt sehen müsste, wenn ich diesen Berg hinauf sollte, was mit jeder Minute schwerer wurde. Er hatte gesagt, dass ich in mich hinein hören sollte, wann immer ich Fragen hätte, aber auch das wurde immer schwerer für mich.

Ich fragte ja, aber konnte einfach nichts hören. Er hatte zwar gesagt, dass er meine Fragen immer so beantworten würde, dass ich es verstehen könnte. Aber ich hatte das Gefühl, dass ich nicht zu ihm durchkam, obwohl ich ihm dauernd Fragen stellte. Ich dachte, dass ich einfach eine Frage stellen könnte und gleich darauf eine Antwort bekommen würde, aber so ging das nicht. Um ehrlich zu sein, es schien überhaupt nicht zu funktionieren. Er hatte davon gesprochen, dass ich laufen können würde, aber ich wackelte noch genauso herum und fiel immer wieder hin. Was für eine Entwicklung! Ich glaubte, dass er mir ein Versprechen gegeben hatte, und ich dachte auch, dass Versprechen gehalten werden sollten, besonders natürlich dieses.

Lightwing hatte davon gesprochen, wie wichtig es ist zu lieben, und daran hatte ich wirklich hart gearbeitet. Immer, wenn mir jemand begegnete oder ich nur an jemanden dachte, sagte ich zu mir: Ich liebe dich, ich liebe dich. Lightwing ist auch in dir und so muss ich dich lieben, egal was ist. Das tat ich nun schon lange. Was ich aber nicht verstand, war, dass ich nicht immer diese Liebe fühlte. Irgendwie bekam ich es nie hin, dass mein Kopf und mein Herz zusammen arbeiteten.

Ich versuchte, herauszufinden, ob ich etwas falsch machte. Ich hatte nämlich ein großes Problem mit Leuten, die ich nicht mochte. Ich versuchte mein Bestes, jemanden zu lieben, der unfreundlich und grob gewesen war in der Hoffnung, dass das alles verändern würde. Nun ja, ich kann dir sagen, dass ich dieses Liebenlernen ganz falsch eingeschätzt hatte. Jedermann zu lieben ist ein hartes Stück Arbeit und man muss es ständig üben. Und trotzdem schien ich keinen Zentimeter weiterzukommen. Ich fragte mich manchmal, warum Lightwing, wenn er all dies mitkriegte, sich nicht mal im Kirschbaum zeigte, denn ich brauchte wirklich dringend Hilfe. Sollte ein Lehrer nicht genau das tun?

Ein Jahr ist für ein Kind in meinem Zustand eine lange Zeit und wenn er sich nicht bald zeigte und mir einen Hinweis gab, dann würde ich es keine Woche länger schaffen, geschweige denn, den Berg erklettern.

„So, wie ist das jetzt, Herr Lightwing? Bist du jetzt auch bei mir? Siehst du nicht, wie ich alles vermassle? Wie kannst du erwarten, dass ich bis nach oben gelange, wenn du mir nicht ab und zu einen kleinen Schubs gibst? Ich bin fast am Ende, ich kann nicht mehr."

Ich sollte hier aber auch erzählen, dass etwas wirklich Tolles geschehen war und sich das auch nie wieder verändert hat. Seit mich damals Lightwing verlassen hatte, waren auch die Schmerzen in meinen Beinen verschwunden und kamen nie wieder. Das sollte eigentlich genug Beweis sein, dass das, was da passierte, wirklich war. Aber was ich nicht verstand, war, dass ich noch nicht auf die Füße gekommen war, so wie er gesagt hatte. Die einzige Erklärung, die ich mir zusammenreimen konnte war die, dass es irgendeinen Zusammenhang gab zwischen der Fähigkeit, lieben zu können und der, gehen zu können. Aber was war der Zusammenhang und wie funktionierte das Ganze? Ich brauchte dringend einen Ratschlag. Es gab Zeiten, wo ich sehr wütend drüber wurde, immer noch in dem alten Zustand zu sein. Aber immer, wenn das passierte, war da in mir gleichzeitig ein Teil, der sich dann schlecht fühlte, und so hörte ich meistens gleich wieder damit auf. Warum fühlte ich mich immer schuldig, wenn ich wütend wurde? Darüber dachte ich sehr viel nach.

Eines Nachmittags, als ich unter dem Kirschbaum saß, sagte mir meine Mutter, dass wir meinen Großvater besuchen würden. Er war schon ziemlich alt und hatte wohl ernste Probleme mit seinem Herzen. Er lebte in einer Kleinstadt weiter im Westen. Ich hatte ihn immer sehr gemocht, darum dachte ich, der Besuch könnte Spaß machen. Aber andererseits war ich auch traurig darüber, weg zu müssen. Wenn nun Lightwing zurückkam und ich weg war? Dann erinnerte ich mich daran, dass er ja überall hin konnte, und fühlte mich schon ein bisschen besser.

Lightwing, Rotvogel, Herz meines Herzens,
versprich mir noch einmal, mich nie zu verlassen.
Lehre mich lieben, damit ich weiß,
dass mir deine Gnade immer zuteil wird.

# Teil 3

# Kapitel 7

Vogel des Morgens, Vogel der Nacht,
Vogel meines Lebens, schenk mir das Licht.
Wenn das Dunkel mich umhüllt,
werde ich es hören, wenn der rote Vogel ruft?

Die Stadt, in der mein Großvater lebte, war ein kleiner Ort in der Prärie, wo nicht viel los war. Aber es gab da immer neue Tiere und Vögel, die ich noch nicht kannte, und das mochte ich sehr. Sie waren ein ganz besonderer Teil meines Lebens. Wir verstanden uns ohne Worte und waren uns niemals fremd.

Großvater lebte am Stadtrand, nahe dem alten Bahnhof. Er sagte mir, dass schon lange keine Züge mehr fuhren, so dass der Bahnhof ganz verlassen dalag und langsam verkam.

Das machte mich ein bisschen traurig, weil ich Züge immer geliebt hatte. Einmal nahmen mich meine Eltern mit auf eine Zugfahrt und ich erinnere mich gut, wie viel Spaß ich dabei hatte. Manchmal wachte ich mitten in der Nacht auf, wenn ich das Signal eines Zuges hörte, und hatte dann ein ganz seltsames Gefühl. Ich schaute aus dem Fenster und sah den Vollmond und die Milchstraße.

So weit ich sehen konnte, war da nur der Mond und die Milchstraße. Da ertönte wieder der Pfiff des Zuges und ich dachte mir, wie wunderbar es wäre, wenn der Zug einfach immer weiterfahren würde, bis ins Unendliche. Vielleicht würden wir unterwegs an anderen Welten vorbeikommen und da Halt machen, aussteigen und uns umsehen und dann zur nächsten weiterfahren. Und vielleicht würde ich eines Tages irgendwo enden, wo ich wirklich hingehörte, und das wäre dann die beste aller Welten. Eine Welt, in der alle freundlich zu mir waren und niemand meine Gefühle verletzte. Dieser Gedanke, dass es einen Ort geben musste, wo ich wirklich hingehörte, und dass ich ihn auch erkennen würde, erzeugte ein ganz großartiges Gefühl in mir. Dann würde ich wissen, dass alles okay war, weil ich erwünscht und willkommen war.

Vor unserer Abreise kauften mir meine Eltern noch einen neuen Rollstuhl. Er hatte eine Batterie und ich konnte mit ihm allein herumfahren. Meine Eltern dachten bestimmt, dass ich für den Rest meines Lebens behindert bleiben würde und ein solcher Rollstuhl mir eine große Hilfe sein würde. Ich erzählte ihnen noch nichts über meinen Berg und dass ich, wenn ich ihn erklommen hätte, auch wieder gehen können würde. Ich war mir ganz sicher, dass Lightwing mir ein Versprechen gegeben hatte. Ich wollte nicht, dass irgendjemand dachte, ich wäre für den Rest meines Lebens an den Rollstuhl gefesselt. Das war etwas, über das ich mit Lightwing reden musste. Ich hoffte, dass er mich hier draußen besuchen würde, denn während die Tage verstrichen, schien er immer weiter wegzurücken. Dieses Gefühl der Trennung machte mir Angst, so dass ich mir, um weitermachen zu können, immer wieder sagen musste, dass er ja in mir war. Ich gebe es nicht gerne zu, aber es gab Zeiten, in denen ich zweifelte, ob irgendetwas von dem, was er gesagt hatte, überhaupt stimmte.

Weil die Tage lang waren, fuhr ich auf dem Bürgersteig runter zum alten Bahnhof. Ich konnte ihn dann gerade so durch die Bäume hindurch ausmachen. Ich dachte sogar, dass er mir zurief: „Komm herunter zu mir, Lucas. Ich bin hier und warte schon lange auf dich.“

Ich stellte mir vor, wie es wäre, einen Zug zu sehen, der fauchend in den Bahnhof einfuhr und dabei pfiff. Ich glaubte fast, ihn wirklich zu sehen. Dieser Zug hielt aber nicht an, sondern fuhr immer weiter und als ich ihm so nachsah, wie er langsam verschwand, schien er zum Himmel aufzusteigen und wer weiß wohin zu fahren. Ich konnte immer noch den Pfiff hören, während er meinen Augen entschwand, aber weiter in meinem Herzen blieb. Ich fragte mich, ob ich eines Tages so frei sein würde wie der Zug, um dahin gehen zu können, wo meine Bestimmung lag.

Jeden Tag ging ich zur selben Stelle und saß einfach nur da und wartete. Ich schloss die Augen und betete, dass ich das Dröhnen des Motors hören würde, wenn der Zug vorbeifuhr, dem Himmel zu, und mir dabei ein Lebewohl zupfiff bis zum nächsten Mal. Ich liebte diesen Zug so sehr, dass ich ihm irgendwann einen Namen gab. Er war eine Sie für mich und ich nannte sie die eiserne Königin. Ich dachte, dass ihr das gefallen würde und sie genau wusste, wie ich über sie dachte. Ich redete mit niemandem darüber, sonst glaubten die noch, ich sei verrückt geworden. War das wieder einer meiner Träume oder war das etwas anderes? Warum glaubte ich, dass der alte Bahnhof darauf wartete, dass ich zu ihm kam?

Während ich so dasaß, kam eines Tages ein Junge mit dem roten Fahrrad angefahren. Er war ungefähr in meinem Alter und sehr nett. Er erzählte mir, dass er die Abendzeitung austragen würde. Ich vermutete, dass mein Großvater die Zeitung nicht bekam, denn ich hatte bei ihm noch nie eine Zeitung auf den Eingangsstufen gesehen und deshalb auch nicht diesen Jungen.

„Hallo, du da“, sagte er.

„Hallo.“

„Wo kommst du her?“, fragte er.

„Aus dem Osten.“

„Was machste denn hier in dieser Ecke?"

„Wir besuchen meinen Großvater."

„Gefällt es dir hier?"

„Oh ja. Ich wünschte, wir könnten ein bisschen länger bleiben."

„Wenn du dir das wirklich wünschst, wer weiß?"

„Ja, wer weiß?"

„Das ist ein ziemlich toller Rollstuhl."

„Meine Eltern haben ihn mir gerade gekauft. Damit kann ich jetzt allein rumfahren."

„Wie lang ist das schon so mit dir?"

„Fast mein ganzes Leben."

„Gibt's eine Chance, dass du da mal raus kommst?"

„Ich weiß nicht. Die Ärzte meinen nicht."

„Die wissen auch nicht alles, oder?"

„Wie meinst du denn das?"

„Na ja, ich habe eben von Dingen gehört, die passiert sind, von denen die Ärzte gesagt hatten, dass sie nicht passieren könnten."

„Hast du auch mal von jemandem wie mir gehört, der wieder laufen konnte?"

„Hör mal, alles, was ich sage, ist, wirf nicht zu früh das Handtuch. Es gibt viele komische Dinge, immer wieder."

„Ich hoffe einfach, dass eines Tages was passieren wird."

„Klar, halte durch und mach dich nicht selber fertig, okay?"

„Okay, das hört sich gut an."

„Warst du schon unten am alten Bahnhof?"

„Nein."

„Es kommen zwar keine Züge mehr hier durch, aber es lohnt sich, das mal anzuschauen."

„Meinst du, ich komme da mit meinem Rollstuhl hin?"

„Wenn du das willst, warum nicht?"

„Ich glaube, das möchte ich."

„Es gibt da einen Trampelpfad, der ist ziemlich uneben, aber ich glaube, du könntest das schaffen.“

„Ich versuch's mal.“

„Es ist ein netter Ort. Es ist dort sehr still und manchmal kannst du Dinge hören, wenn du genau hinhörst.“

„Oh ja? Was denn für Dinge?“

„Halt Dinge. Musst du mal selber ausprobieren.“

„Ja, das werde ich tun.“

„Ich muss jetzt los. Bin schon spät dran.“

„Können wir uns wieder hier treffen?“

„Mal sehen.“

„Das würde ich sehr gerne.“

„Gib die Hoffnung nicht auf. Man weiß nie, was einen noch alles erwartet.“

Und bevor ich noch irgendetwas sagen konnte, hatte er schon Tschüß gesagt, winkte mir zu und fuhr davon. Ich schaute ihm nach, wie er die Straße hinunterfuhr, bis ich ihn aus den Augen verlor.

Er war ein netter Junge und ich mochte ihn sofort. Ich hatte jedoch das Gefühl, dass er über bestimmte Dinge mehr wusste. Es wäre so schön, wenn wir Freunde werden könnten und uns regelmäßig treffen würden. Vielleicht könnten wir sogar eines Tages gemeinsam zum alten Bahnhof runtergehen.

Es war schon fast Abendbrotzeit, als ich nach Hause kam. Alle fragten, wo ich gewesen wäre, und ich sagte ihnen, dass ich in die Nähe des alten Bahnhofs gegangen war und dort eine Weile gesessen hatte. Ich erwähnte auch den Zeitungsjungen, den ich getroffen hatte, und dass wir miteinander geredet hätten. Mein Großvater sagte: „Wovon redest du überhaupt?“ Er war etwas schwerhörig, und so wiederholte ich, was ich gesagt hatte.

„Aber es gibt gar keinen Zeitungsjungen in dieser Stadt, geschweige denn eine Abendzeitung. Gab es noch nie. Du musst geträumt haben.“

Daraufhin wurden alle sehr still und schauten mich so seltsam an. Ich hatte doch nur erzählt, was passiert war. Tagträumen? Vielleicht dachten sie, dass ich mir alles ausgedacht hatte. Das war ja verrückt. Warum sollte ich mir so etwas ausdenken? Ich wusste nicht, was ich sagen sollte, darum blieb ich still. Sie fingen an, über andere Dinge zu reden und mir zuzulächeln. Ich träumte nicht und erfand auch nichts, ganz sicher. Ich hatte genau das getan, was ich gesagt hatte, und niemand konnte mir was anderes beweisen.

# Kapitel 8

Ich suche lange am Himmel der Prärie,
nach der Liebe, die von den Sternen kommt.
Wie lange noch warte ich endlose Stunden?
Wie lange noch widersteh ich den dunklen Kräften?

Am nächsten Tag saß ich am selben Platz nahe dem alten Bahnhof. Und dann plötzlich kommt er die Straße herunter, genau wie am Tag vorher. Ich schaute mich nach anderen Menschen in der Nähe um, die ihn vielleicht auch sehen könnten, aber da war niemand. Es gab nur ihn und mich. Er sah genauso aus wie gestern, knallrotes Fahrrad und all das. Ich war mir absolut sicher, dass ich mir das nicht alles nur einbildete. Er war ein normaler Mensch, genau wie du und ich, und soweit es mich betraf, genügte mir das.

Als er nun auf mich zukam, sagte ich: „Hallo."

„Hey, Junge, wie geht's denn so?"

„Och, ganz gut eigentlich. Immer noch gleich, wie du sehen kannst."

„Amüsierst du dich hier gut?"

„Ja, ich bin sehr gerne hier."

„Wie lang glaubst du, dass du hier bleiben wirst?"

„Ich weiß nicht so genau. Das hängt auch von meinen Eltern ab. Wir besuchen ja meinen Großvater."

„Wäre schön, wenn du noch eine Weile bleiben könntest."

„Ja, ich wünschte, das könnte ich."

„Hier draußen ist es sehr friedlich. Hier passieren Dinge, weißt du, aber man muss sie finden."

„Was meinst du damit? Was denn für Dinge?"

„Warst du schon am alten Bahnhof?"

„Nein, noch nicht."

„Warum schaust du dir das nicht mal an?"

„Ja, das werde ich, ganz bestimmt."

Er machte Anstalten zu gehen, darum sagte ich schnell:

„Wohnst du schon lange in dieser Stadt?"

„Man könnte sagen, dass ich schon eine Weile hier bin, ja."

„Wo wohnst du denn?"

„Ein Stück die Bahnlinie runter."

„Hast du Brüder oder Schwestern?"

„Ich habe eine große Familie. Eine wirklich große."

„Bist du hier in der Gegend geboren worden?"

„Ich glaube, das kann man so sagen."

„Gehst du tagsüber in die Schule?"

„Es gibt jeden Tag etwas zu lernen, das ist mal sicher."

„Wenn ich noch eine Weile bleibe, könnten wir dann vielleicht Freunde werden?"

„Sind wir doch schon, oder?"

Als er das sagte, freute ich mich riesig.

„Die Leute sagen, dass es lang dauert, bis man jemanden gut kennt, aber manchmal passiert es, dass man gleich zu Anfang viel über jemanden weiß."

„Ja, das stimmt. Manchmal kennt man jemanden sogar schon, bevor man mit ihm überhaupt geredet hat."

„Ja, das kenne ich auch."

So langsam hatte ich das Gefühl, dass ich mit diesem Burschen wirklich gut reden konnte. Zu Hause war bis jetzt immer alles zwischen Rotvogel und mir und dem Kirschbaum abgelaufen.

„Könnte ich dich mal besuchen kommen?"

„Mal sehen.“

„Hättest du Lust, am Sonntag zum Abendbrot zu meinem Großvater zu kommen? Ich weiß, dass er nichts dagegen hätte.“

„Mal sehen.“

„Ich bin sicher, dass er und meine Eltern dich sehr gerne kennen lernen würden. Ich habe ihnen schon von dir erzählt.“

„Wirklich? Was haben sie denn gesagt?“

„Nun ja – nun, alles was ich weiß, ist, dass sie dich wirklich gerne kennen lernen würden. Glaubst du, dass du mal kommen könntest?“

„Das kann ich nicht sagen.“

„Warum nicht? Willst du nicht?“

„Nein, das ist es nicht. Ich habe so viel zu tun, dass mich das ständig auf Trab hält. Ich bin zu vielen Orten unterwegs.“

„Versuch es aber bitte, ja?“

„Sicher.“

„Außerdem weiß ich deinen Namen noch gar nicht?“

Er hielt einen Moment inne und sagte dann:

„Buddy – du kannst mich Buddy nennen. Wie findest du das?“

„Hört sich gut an. Ich heiße Lucas, Lucas Willing.“

„Gut, jetzt sind wir also Freunde. Mit Brief und Siegel, richtig?“

„Richtig“, sagte ich eifrig.

„Sollen wir uns darauf die Hand geben?“

„Ja, klar. Ja.“

Wir gaben uns also die Hand und das war ein ganz wunderbares Erlebnis.

„Ich bin hier jeden Tag zur selben Zeit“, sagte ich. „Kommst du morgen wieder hier lang?“

„Das ist schwer zu sagen.“

„Aber du trägst doch die Zeitungen jeden Tag aus, oder?“

„Oh ja, ich mach das die ganze Zeit, darauf kannste wetten."

„Ich hoffe wirklich, dass du es morgen schaffst."

„Mal sehen, was sein wird."

„Es wäre schön, wenn wir ein bisschen Zeit miteinander verbringen könnten, jetzt da wir Freunde sind."

„Sieht so aus, als wäre ich spät dran, Lucas. Ich muss los."

„Denke bitte an den Sonntagabend."

„Ja, ich denk dran. So oder so versuche ich da zu sein."

„Ich warte morgen auf dich."

„Mach's gut, Lucas. Bis bald."

Er winkte noch und fuhr dann davon. Doch schaute er noch einmal zurück und rief:

„Versuch mal runter zum Bahnhof zu kommen. Es wird dir da gefallen, es ist toll dort."

„Ja, klar, werde ich."

„Du wirst es nicht bereuen."

Nachdem er weg war, dachte ich über unser Gespräch nach. Ich wusste jetzt auch nicht mehr über ihn als zuvor. Ich hoffte nur, dass ich ihn wieder sehen würde. Es wäre so schön, jemanden in meinem Alter zu haben, mit dem ich reden konnte. Irgendwie hatte ich das Gefühl, dass etwas Besonderes passierte. Nicht so wie das mit Lightwing. Nichts in der Welt könnte jemals so sein. Aber trotzdem irgendwie etwas Besonderes.

Als ich heimkam, sagte niemand etwas über einen Zeitungsjungen und du kannst sicher sein, dass auch ich nichts sagte. Während des Abendessens beschloss ich, am nächsten Tag zum alten Bahnhof zu fahren, um herauszufinden, was es damit auf sich hatte. Ich wollte Buddy erzählen können, dass ich da gewesen war. Das wäre noch etwas, was wir dann miteinander teilen könnten. Ich mochte seinen Namen. Etwas daran weckte ein gutes Gefühl in mir.

# Kapitel 9

Bin ich ein Narr, wage ich ein Lächeln?
Ist mein Sehnen nur von kurzer Dauer?
Verhallt mein Ruf in den Himmeln,
ungehört, wenn die Nachtwinde wehen?

Am Nachmittag fuhr ich die Straße runter in der Hoffnung, Buddy zu treffen. Ich wartete eine Weile, aber er kam nicht. Ich war sehr enttäuscht. Vielleicht kam er ja morgen. Deshalb entschied ich mich, zum alten Bahnhof zu fahren. Dazu musste ich einen Pfad lang, der ziemlich uneben war und mit Unkraut bewachsen. Ich war sehr vorsichtig, denn wenn ich da umgekippt wäre, hätte ich ein Problem gehabt. Dann kam ich um eine Kurve, und da lag er vor mir. Es war eines der schönsten Gebäude, die ich jemals gesehen hatte. Ich blieb einige Minuten lang einfach sitzen und starrte.

Es sah wie ein verwunschenes Schloss aus. Ich wusste sofort, dass ich dorthin gehörte. Ich hatte diesen Bahnhof noch nie vorher gesehen und trotzdem schien es mir, als wären wir vorher schon zusammen gewesen. Es war so, als hätte er mich lange gerufen und nun waren wir endlich wieder zusammen.

Die Rampe, die zum Bahnsteig raufführte, war in sehr schlechtem Zustand. Ich überlegte, ob sie mich und meinen Rollstuhl aushalten würde. Was sollte ich jetzt machen? Wenn ich diese Chance verpasste, würde sie vielleicht niemals wiederkommen. Ich fuhr also ganz langsam hoch und die Rampe knarrte entsetzlich. Sie musste einfach halten. Nur noch ein paar Zentimeter und ich wäre auf dem Bahnsteig. Und wirklich: ich schaffte es. Ich war oben.

Als ich mich umsah, bemerkte ich erst, dass alles schon ziemlich verfallen war. Die Türen waren aus den Angeln gerissen, die Fenster zerbrochen, überall waren Spinnweben und wie ich so schaute, rannte eine kleine Maus über den Boden. Das musste hier ein gutes Zuhause für alle möglichen kleinen Familien sein, und wer weiß, für was sonst noch.

Plötzlich flogen einige Schwalben aus der Tür. Ich hoffte, dass ich sie nicht erschreckt hatte. Vielleicht würden sie ja verstehen, dass ich ihr Freund war und wir sozusagen eine große Familie waren.

Ich versuchte mir vorzustellen, wie es gewesen war, als der Bahnhof noch voller Passagiere war, die kamen und gingen und sich winkend begrüßten und verabschiedeten. Ich konnte die Lokomotive anfahren hören und den Schaffner sein „Alle einsteigen" rufen hören, während der Zug sich langsam in Bewegung setzte. Sein Pfiff ertönte dann und, genau wie die eiserne Königin, würde sie Richtung Himmel fahren zu anderen Welten, die ich niemals sehen würde.

Es wurde langsam Zeit, nach Hause zu gehen. Alle würden sich Sorgen machen, wenn ich zu spät käme. Aber ich konnte mich nicht losreißen. Ich wollte hier aus diesem Paradies nicht mehr weg. Es war ein sehr intimer Platz, den nur Buddy und ich uns teilten, und ich konnte den Gedanken nicht ertragen, dass bald der Tag kommen würde, wo ich hier ganz weg musste.

Und während ich so dasaß, wurde alles immer schöner. Die zerbrochenen Fenster, die Risse im Fußboden und in den Wänden und die losen Türen waren gar nicht mehr alt und tot. Ganz und gar nicht. Sie ruhten sich bloß aus, um Kraft zu sammeln und darauf zu warten, dass eines Tages wieder Züge zischend einfahren würden, ihre Pfiffe laut und schön erschallen ließen und weißen Dampf ausstießen. Sogar der dicke Staub überall hatte etwas Tröstliches. Er war wie eine weiche Decke, die den Bahnhof wärmte und beschützte, bis der strahlende Tag da war, an dem alles wieder zum Leben erwachte, um alle darin willkommen zu heißen, wie es einmal gewesen war.

Ich hätte ewig so sitzen können, aber ich musste doch los, denn sonst hätte ich viele Erklärungen abgeben müssen über etwas, was ich ja selber nicht ganz erklären konnte. Ich fuhr die Rampe runter Richtung Trampelpfad, als ich plötzlich eine Stimme zu hören glaubte. Ich hielt an und lauschte. Aber da war nichts, ich musste mich wohl getäuscht haben. Aber als ich den Pfad hinauffuhr, hörte ich es wieder. Diesmal war ich mir ganz sicher. Ich bewegte mich nicht. Und dann hörte ich eine Stimme sagen,

„Komm zurück, mein Junge, komm zurück zu mir, hörst du?"

Ich drehte mich um, um zu schauen, wer mich da gerufen hatte, konnte aber niemanden sehen.

Ich rief: „Hallo, ist da jemand?" Ich wartete auf eine Antwort, aber nichts kam. Hatte ich mir schon wieder alles eingebildet? Denn zu der Zeit hörte ich ja Stimmen, die zu mir sprachen, von denen einige wirklich waren. Ich konnte Rotvogel reden hören, auch ohne ihn zu sehen. Aber so etwas konnte doch nicht noch mal passieren, denn Lightwing war etwas ganz Besonderes. Ich beeilte mich deshalb, schnell nach Hause zu kommen.

Ich beschloss, niemandem zu sagen, wo ich gewesen war. Ich dachte mir, dass es Dinge gab, über die man besser nicht reden sollte. Was, wenn sie mir wieder Fragen über den Zeitungsjungen stellten? Ich konnte dann ja sagen, dass ich ihn nicht gesehen hatte, und das war ja schließlich auch wahr.

Nach dem Essen ließ meine Mutter eine Bombe platzen. Sie sagte, dass wir in ein oder zwei Tagen wieder nach Hause fahren würden. Mir war aber ganz klar, dass ich jetzt nicht nach

Hause konnte. Ich konnte nicht. Ich wollte Buddy unbedingt wiedersehen. Ich konnte hier nicht einfach so weg. Was würde er denken, wenn ich ohne auf Wiedersehen zu sagen einfach wegfahren würde? Das war doch nicht richtig. Und außerdem musste ich wieder zum Bahnhof. Da gehörte ich hin, das wusste ich ganz genau. Ich fühlte mich dort so wohl. Es war mein Geheimplatz und ich war dort so glücklich, wie könnte ich denn einfach alles stehen und liegen lassen und weggehen? Das konnte ich einfach nicht. Unmöglich.

Als meine Mutter also sagte, dass wir fahren würden, schrie ich: „Aber ich kann jetzt nicht hier weg, ich kann nicht."

Alle waren sehr erschrocken und niemand sagte etwas. Sie starrten mich einfach nur an. Und dann sagte meine Mutter:

„Aber es ist Zeit, nach Hause zu fahren, das weißt du doch, Lucas?"

„Ja, ich weiß das", sagte ich, „aber warum kann ich nicht noch eine Weile bleiben? Ich möchte so gerne. Bitte sagt ja. Bitte."

„Was ist denn los, mein Lieber? Du bist ja so aufgeregt."

„Weil es mir hier so gefällt. Ich bin hier so viel lieber als anderswo. Warum darf ich nicht noch ein paar Wochen hier bleiben. Ich werde nicht im Weg sein, Großvater."

„Nun ja, ich weiß nicht ..."

„Wenn ihr es mir erlaubt, ist das mein Weihnachtsgeschenk. Dann braucht ihr mir für den Rest meines Lebens nie mehr etwas zu schenken."

Großvater rettete schließlich die Situation und sagte:

„Was soll's. Wenn der Junge unbedingt bleiben will, sehe ich keinen Grund, warum nicht. Von mir aus kann er bleiben. Bringt ein bisschen Leben in mein Haus, jetzt wo ich so viel allein bin. Es wäre für uns beide sicher gut."

„Na seht ihr, Großvater möchte, dass ich bleibe, sagt bitte ja? Okay?"

Meine Mutter sagte: „Wenn Großvater damit einverstanden ist, ist es, glaube ich, in Ordnung."

„Oh, Mami, danke. Vielen, vielen Dank. Ich mache auch keinen Ärger, weißt du. Ich werde sogar im Haushalt helfen."

„Na, dann ist ja alles klar", sagte Großvater, „das Landleben wird dem Jungen gut tun."

Ich war so dankbar, dass ich nicht wusste, was ich sagen oder wie ich ihm danken sollte. Eines schönen Tages würde ich ihm sagen, wie glücklich er mich gemacht hatte.

„Hier draußen kannst du ganz besondere Dinge lernen. Es gibt hier auf dem Land Dinge, die du kennen solltest."

Ich wusste nicht wieso, aber als er das sagte, fühlte ich mich seltsam berührt. Was meinte er wohl? Vielleicht meinte er nur all die nächtlichen Geräusche, wie das Quaken der Frösche oder das Heulen der Kojoten.

An diesem Abend war ich sehr glücklich. So hatte ich mich nicht mehr gefühlt, seit Lightwing durch das Dachfenster zu mir kam. Ich dachte an die nächsten zwei Wochen und wie schön sie werden würden. Etwas lag in der Luft und wartete auf mich. Es war als würde ein Versprechen eingelöst werden. Was es wohl sein würde? Das Einzige, was ich ganz genau wusste, war, dass es gut sein würde. Es musste einfach so sein.

# Kapitel 10

Oh Phantom aus alter Zeit, aus altem Land,
kommst du zu mir mit segnender Hand?
Kannst du, Herr, mein Schicksal enthüllen?
Wirst du das lange Warten der Nacht erfüllen?

Meine Eltern waren gefahren, und an diesem Nachmittag ging ich dahin, wo ich Buddy vorher getroffen hatte. Ich wollte ihn unbedingt sehen. Einige Male sagte ich immer wieder: Buddy, Buddy, Buddy. Es war kein ungewöhnlicher Name, aber er gab mir immer das tröstliche Gefühl, im Kontakt zu sein. Vielleicht gab es einen guten Grund, warum mein neuer Freund Buddy, also Kumpel, hieß.

Langsam wurde es Zeit, dass er auftauchte, aber er war nirgends zu sehen. Ich wartete eine Weile, aber er kam nicht. Was war denn mit seinem Zeitungsjob? Mussten die Leute nicht ihre Zeitung haben? Es wurde langsam dunkel, aber kein Buddy war zu sehen. Ich entschloss mich, nach Hause zu gehen.

Am nächsten Tag ging ich wieder hin und wartete. Wieder hatte ich kein Glück. Buddy kam nicht. Ich machte mir ein bisschen Sorgen und hoffte, dass meinem Freund nichts passiert war und dass er mich nicht vergessen hatte. Ich glaube, dass hätte ich nicht gut ausgehalten.

Weil er nicht kam, entschied ich mich, zum Bahnhof zu gehen. Ich war immer gern in kleinen geheimen Welten und ich hatte das Gefühl, dass der Bahnhof eine solche werden könnte.

Ich fuhr also den Pfad hinunter, die Rampe hinauf und in das Bahnhofsgebäude hinein. Eine Weile saß ich da und ließ alles auf mich wirken. Ich liebte die großartige Stille dort, es war fast wie in einer der alten Kathedralen. Manchmal kam ein Luftzug durch die Tür herein und wirbelte ein wenig von dem Staub auf und ging gleich wieder aus der anderen Tür hinaus, gerade so als hätte ich ihn ein wenig erschreckt.

Ich schloss die Augen und stellte mir vor, wie ein Zug in den Bahnhof einfuhr. Niemand war an Bord, nicht einmal ein Lokführer oder ein Schaffner. Dann ertönte ein Pfiff und er fuhr wieder an, aber da ich noch nicht eingestiegen war, rief ich: „Warte, bitte warte auf mich!" Doch der Zug fuhr weiter und ich rannte nebenher und schrie: „Lass mich nicht zurück, ich gehöre zu dir. Ich liebe dich und möchte mit dir fahren. Bitte warte."

Aber es hatte keinen Sinn. Er hielt nicht an und ich konnte nicht schneller laufen. Wieder war ich allein gelassen worden. Alles, was ich noch von ihm sehen konnte, war die Rauchfahne am Himmel. Ein letzter Pfiff war zu hören, während ich auf den Gleisen stand und der Zug aus meinem Leben verschwand. Ich hatte eine große Chance verpasst und ich stand da und fragte mich, ob ich noch eine bekommen würde oder ob der Zug für immer verschwunden war und nie zu mir zurückkehren würde. Wie konnte er mich zurücklassen, wo er doch wusste, wie sehr ich ihn liebte und brauchte? Würde ich nie mehr jenes herrliche Sausen hören oder den Klang seiner Pfeife, der voller Versprechen war? Versprechen, die nie gehalten wurden!

Ich saß so eine ganze Weile und nahm mich dann zusammen. Immer, wenn ich mich in meinen Traumwelten verlor, brauchte ich eine Weile, um wieder zurückzukommen. Ich dachte oft daran, dass mir diese Welt hier nie so real erschien wie anderen Leuten.

Da die Sonne langsam unterging, dachte ich, dass es wohl

besser sei, jetzt nach Hause zu gehen, bevor Großvater anfing, sich Sorgen zu machen. Deshalb bewegte ich mich Richtung Tür, als ich plötzlich hörte:

„Hallo, mein Junge. Ich sehe, dass du zurückgekommen bist, wie ich es mir gedacht habe."

Ich erschrak so heftig, dass ich fast aus dem Stuhl gefallen wäre.

„Langsam, langsam. Wie geht es dir denn so, mein Kind?"

Ich drehte mich um, um zu sehen, woher die Stimme kam, konnte aber nichts ausmachen, weil es zu dunkel war.

„Hier Junge, weiter hier drüben."

„Wer ist denn da?", rief ich, während mein Herz wie wild raste. Vielleicht spukte es hier ja.

Da ging ein Licht an. Ich schaute nach oben und sah, dass die rostige Lampe, die von der Decke hing, brannte. Wie war das möglich? Diese Lampe war jahrelang nicht mehr benutzt worden. Als sich meine Augen langsam an das flackernde Licht gewöhnten, konnte ich nicht glauben, was ich sah. In der hintersten Ecke des Raumes saß ein alter Mann in einem Schaukelstuhl. Ich hatte noch nie vorher jemanden gesehen, der so alt aussah. Er war bestimmt über 100 Jahre alt. Ich musste verängstigt ausgesehen haben, denn nun sagte er:

„Was ist denn los, Junge? Hast du noch nie in deinem Leben einen Eisenbahner gesehen?"

Ich wusste nicht, was ich tun oder sagen sollte. War er ein Geist? Träumte ich schon wieder? Deshalb schaute ich ganz genau hin, damit ich sicher sein konnte, richtig zu sehen. Er war sehr klein und mager und hatte einen von diesen gestreiften Overalls an, welche die Eisenbahner früher trugen, und dazu hatte er eine Feuerwehrkappe auf dem Kopf und ein rotes Halstuch um den Hals. Sein Gesicht war voller Falten. Seine Augen aber funkelten und er hatte ein großartiges Lächeln. Er war ein echter Hingucker.

„Wovor hast du denn solche Angst?“, fragte er. „Traust du deinen eigenen Augen nicht mehr?“

„Wer sind Sie, Mister?“

„Hab ich doch grade gesagt. Ich bin ein alter Eisenbahner.“

„Aber was machen Sie denn hier drin?“

„Ich gehöre hierher, mein Junge.“

„Aber dieser Bahnhof ist doch seit Jahren verlassen. Hier passiert doch nichts mehr.“

Er schaute mich an, lächelte und sagte ganz sanft: „Woher weißt du das so genau?“

„Woher ich das weiß? Weil alle das sagen. Außerdem braucht man sich hier nur umzuschauen, um zu sehen, dass hier schon lange niemand mehr hergekommen ist. Sogar die Schienen sind rostig.“

„Was du nicht sagst! Bist du dir ganz sicher?“

Wieder wusste ich nicht recht, was ich davon halten und was ich sagen sollte. Das machte alles keinen Sinn. „Was ist hier eigentlich los?“, fragte ich deshalb.

„Was glaubst du denn?“

Dann zog er eine dieser großen Taschenuhren heraus und sagte: „Ich denke, es ist Zeit für dich, nach Hause zu gehen, sonst macht sich dein Großvater unnötig Sorgen und dein Abendessen wird kalt.“

„Was wissen Sie denn über meinen Großvater?“

„Na weißt du, dies hier ist eine kleine Stadt und da kennt jeder jeden, Lucas.“

„Woher kennen Sie meinen Namen und wer sind Sie denn überhaupt?“

In dem Moment löschte ein Windstoß die Lampe aus. Es wurde sehr dunkel und ich konnte den Mann nicht mehr ausmachen.

Ich rief: „Hallo“. Aber es kam keine Antwort. „Sind Sie noch da, Mister?“ Keine Antwort. Ich ging deshalb dahin, wo er gerade noch gesessen hatte, aber da war keiner mehr. Nur der Schaukelstuhl, in dem er gesessen hatte, bewegte sich noch ein wenig hin und her. Ich bekam Angst und entschloss mich, ganz schnell zu verschwinden. Ich fuhr die Rampe runter und, so schnell ich konnte, nach Hause.

# Kapitel 11

Warten, sich sehnen, sich fragen, warum,
spiegelt sich das Schloss nur in meinen Augen?
Oder hält der Staub ein Geheimnis bereit,
das meine Seele eilig ergreifen will?

Als ich nach Hause kam, wartete Großvater schon draußen auf der Veranda.

„Wo warst du? Ich habe mir schon Sorgen gemacht. Das Abendessen ist schon lange fertig."

„Tut mir leid, Großvater. Ich hab die Zeit ganz vergessen. Ich bin so rumgebummelt und habe mir vieles angeschaut. Ich verspreche dir, dass ich nicht wieder zu spät kommen werde."

„Na gut, jetzt bist du ja da. Lass uns essen, ich habe Hunger."

Während wir aßen, wollte ich ihn über den Bahnhof ausfragen. Vielleicht wusste er ja etwas, das mir half zu verstehen, was los war.

„Großvater?"

„Ja, Lucas?"

„Wie lange ist hier eigentlich schon kein Zug mehr gefahren?"

„Oh, bestimmt 20 Jahre nicht mehr, vielleicht sogar länger."

„Warum wird die Strecke nicht mehr befahren?"

„Das hier ist ein unbedeutender Ort, wo nicht viel los ist. Ich glaube, dass die Bahn irgendwann beschlossen hat, dass es sich nicht länger lohnt, Geld und Zeit zu investieren und den Bahnverkehr aufrecht zu erhalten. Ich glaube, die Welt da draußen hat uns inzwischen vergessen."

„Der Bahnhof ist also komplett stillgelegt, oder? Da passiert nichts mehr."

„Nein, nichts mehr."

„Gibt es denn keine Leute, die ihn wieder reparieren wollen?"

„Nein, warum denn auch? Dafür gibt es doch gar keinen Anlass."

Wir aßen eine Weile schweigend und dann sagte er: „Warst du denn am alten Bahnhof?"

„Ja, ich war da unten und hab mich mal umgeschaut."

„Ziemlich trauriger Anblick."

„Warst du mal dort, als die Züge noch gefahren sind?"

„Na klar. Ich war manchmal einfach da, um zuzusehen, wie die Züge ein- und ausfuhren. Das gab einem das Gefühl, mit der Welt da draußen verbunden zu sein."

„Kanntest du auch Leute, die da mal gearbeitet haben?"

„Da gab es eigentlich nur zwei. Den Schaffner und den Bahnhofsvorsteher.,"

„Leben die noch?"

„Nein. Die sind schon längst gestorben. Ich an deiner Stelle würde nicht allzu viel Zeit dort verbringen."

„Warum nicht?"

„Das ist ein toter und verlassener Platz, lass ihm einfach seinen Frieden. Außerdem ist es dort nicht ganz sicher. Es zerfällt doch alles und du könntest dir weh tun."

Ich wurde mit jeder Minute neugieriger. Morgen würde ich Großvater bitten, mit mir zum Bahnhof zu gehen. Wir könnten auf Buddy warten und dann würde er selber sehen, dass ich das nicht alles erfand. Wir würden mit dem alten Eisenbahner reden. Es wäre einfach toll, wenn wir das miteinander teilen könnten. Ich sagte deshalb: „Großvater, hättest du Lust mit mir zusammen zum alten Bahnhof zu gehen? Das würde Spaß machen. Was meinst du?“

„Nein, das würde ich lieber nicht tun.“

„Aber du hast doch gesagt, wie gerne du da früher hingegangen bist.“

„Ich weiß. Aber das war vor langer Zeit, in einem anderen Leben.“

„Hast du denn gar keine Lust mehr, hinzugehen, bloß um mal zu sehen, wie das heute dort ist?“

„Als deine Großmutter noch gelebt hat, ja, da gingen wir manchmal hin, um den ‚Flieger‘ zu beobachten, wenn er in den Bahnhof einfuhr. Dieser Zug kam jeden Tag und es war eine Freude, ihn zu beobachten. Wir wussten, dass dieser Zug ein Teil der Welt war, an der wir keinen Anteil hatten. Man konnte den Zug fast atmen fühlen bis in die kleinsten Schrauben hinein. Wir warteten dann, bis der Zug abgefahren war und der Pfiff der Lokomotive in der Ferne verhallte. Und wenn der Zug dann außer Sichtweite war, dachten wir oft daran, ob der liebe Gott uns einmal erlauben würde mitzufahren.“

Er war eine Weile still und sagte dann:

„Aber es sollte nicht sein. Das war damals und dort möchte ich es auch lassen. Wir sind immer zusammen hingegangen und ich möchte das nicht allein machen, ohne sie. Vielleicht können wir ja jene Fahrt im nächsten Leben zusammen machen. Es wird jetzt nicht mehr lange dauern, bis wir wieder zusammen sind und dann, wer weiß?“

Er schaute mich jetzt an und sagte: „Verstehst du mich, Lucas?“

„Ja, Großvater, ich verstehe. Es tut mir leid, wenn ich dich unglücklich gemacht habe.“

„Ist doch alles in Ordnung, Junge, alles in Ordnung.“

Nach dem Frühstück beschloss ich, wieder zum Bahnhof zu gehen. Die Sonne schien und ich würde alles klar sehen können. Ich musste einfach mehr über den Eisenbahner erfahren. Und Buddy. Wie passte er ins Bild? Gab es einen Zusammenhang zwischen ihm und dem alten Mann? Ich hatte so viele Fragen im Kopf und so wenig gute Antworten.

Wenn doch Lightwing kommen würde. Er könnte alles aufklären. Ich redete immer mit ihm, aber ich hatte immer mehr Fragen als Antworten.

Und was die Sache mit dem Gehen betraf, das schien immer unmöglicher. Dieser Berg wurde immer höher und je härter ich versuchte, mich da hinauf zu arbeiten, desto weiter weg erschien mir der Gipfel. Ich konnte mir darauf keinen Reim machen.

# Kapitel 12

Mein Herz zittert, ich hör einen Schrei.
Eine Stimme, die ruft, weit vom Himmel her.
Ist es Narrheit, der eitle Wunsch der Seele?
Ein Traum nur, der verging, ist es das nur?

So schnell ich konnte, fuhr ich zum Bahnhof. Würde der Eisenbahner da sein? Er musste doch noch einen anderen Namen haben. Ich würde ihn danach fragen. Doch als ich zur Rampe kam, zögerte ich. Ich war mir plötzlich unsicher, auf was ich mich da einließ. Doch dann hörte ich schon:

„Guten Morgen, Junge, Morgen."

Er war da. Ich konnte ihn nicht sehen, erkannte aber seine Stimme. Ich wusste nichts zu antworten, als ich ihn wieder hörte:

„Nun komm schon rein."

Ich fuhr die Rampe hoch und in den Bahnhof hinein und dort saß er im Schaukelstuhl genau wie am Tag vorher.

„Fühlst du dich heute besser? Musst du wohl. Jedenfalls gibt's 'ne Menge, warum du dich besser fühlen solltest. Scheint ein richtig klarer Morgen da draußen zu sein, nicht wahr?"

„Ja, Sir, so ist es."

„Man kann einen Zug auf hundert Meilen Entfernung pfeifen hören, an solchen klaren Morgen."

„Wirklich? Hundert Meilen?"

Er war einen Moment lang still, dann sagte er: „Du hast über all das hier nachgedacht, nicht wahr?"

„Nun ja, Sir. Das habe ich."

„Bin froh, das zu hören. Man kann die Dinge nicht gründlich genug überdenken, besonders in deinem Fall."

„Wie meinen Sie das: in meinem Fall?"

„Du hast angefangen, dich mit den Dingen abzufinden, wie sie sind. Das meine ich."

„Womit habe ich mich arrangiert?"

„Dieser komische Apparat, in dem du sitzt. Mag das gar nicht sehen."

„Aber wie soll ich sonst von der Stelle kommen? Das ist ein großes Problem."

„Na, du weißt doch, dass es kein Problem gibt, für das es nicht auch eine Lösung gibt."

„Woher soll ich das denn wissen?"

„Weil dir das sehr genau erklärt worden ist. Deshalb."

„Ich verstehe Sie nicht."

„Hast du etwa die Worte, die dir gegeben wurden, schon vergessen?"

„Worte? Was für Worte?"

„Worte, die im Feuer geschmiedet wurden und die wahr sind. Die mein ich."

Junge, Junge, das wurde ja immer bunter. Worauf wollte er nur hinaus?

„Kann ich Sie was fragen?"

„Schieß los."

„Leben Sie hier in der Stadt?"

„Doch, das könnte man sagen."

„Was ich genau meine, ist eigentlich: in welchem Haus wohnen Sie?"

„Oh, ich bin überall zu Hause, Wo immer ich mich niederlasse, da bin ich zu Hause. Die beste Art zu leben, findest du nicht?"

„Könnten Sie mir Ihren wirklichen Namen sagen? Eisenbahner ist doch sicher nicht der Name, mit dem Sie geboren wurden, oder?“

„Du willst also einen Namen, ja?“ Er kratzte sich am Kopf und sagte nach einer Weile:

„Wie wäre es mit – Prärievogel? Wie findest du das? Hört sich doch gut an, findest du nicht?“

„Prärievogel?“, fragte ich.

„Hast schon richtig verstanden, Sohn. Prärievogel.“

Was war denn das für ein Name? Welche Mutter würde ihren Sohn jemals Prärievogel nennen? Vielleicht war er ja niemals ein kleiner Junge gewesen. Vielleicht war er schon 100 Jahre alt, als er geboren wurde? Jedenfalls ging das hier über meinen Verstand. Dabei schaute er mich die ganze Zeit durchdringend an. Das erinnerte mich an die Art und Weise, wie Rotvogel immer schaute.

„Willst du, dass ich dich jetzt mal zurechtstutze?“

„Wie meinen Sie das?“

„Ich versuche dir nur zu sagen, dass dieser Käfig, in dem du sitzt, auch nur ein Teil deines Tagtraumes ist.“

„Was sagen Sie da? Woher wissen Sie von meinen Tagträumen. Wer hat Ihnen davon erzählt?“

„Rate mal Junge, rate mal.“

„Keine Ahnung.“

„Hast du so schnell deine Verbindung vergessen?“

„Meine Verbindung zu was?“

„Zu dem, auf das du zählen kannst, das immer und ewig da ist.“

„Nichts dauert ewig. Jeder weiß das.“

„Das stimmt nicht. Liebe währt immer, sie ist das, was dich niemals enttäuscht und was dich vor allen Schrecken und Leiden dieser Welt bewahrt.“

„Also, wenn das wahr ist, warum bin ich dann noch in diesem Rollstuhl? Warum kann ich nicht gehen? Sagen Sie mir das, denn Sie scheinen ja alles zu wissen. Und außerdem würde ich wirklich gerne wissen, wer Sie eigentlich sind und woher Sie so viel über mich wissen. Was machen Sie hier wirklich? Und – wer hat schon jemals einen solchen Namen gehört, Prärievogel?"

„Lucas, meine Junge, hörst du mir eigentlich gar nicht zu?"

„Worüber reden Sie denn, ich habe Sie noch nie im Leben gesehen!"

„Aber, aber. Ich bin dir näher, als du selbst es bist, weißt du nicht mehr?"

„Sie sind was?"

„Es gibt keine Möglichkeit, ohne mich zu leben."

„Oh, ja? Und was ist, wenn ich einfach hier rausgehe? Dann sind wir nicht mehr zusammen."

„Na, ja, für Leute wie dich und mich gibt es so etwas wie Abschied nicht, denn wir sind für immer eins."

„Ich verstehe immer noch nicht."

„Du könntest nicht von mir wegfliegen, selbst wenn du es versuchen wolltest."

„Warum denn nicht?"

„Weil ich deine Flügel bin und du ohne mich gar nicht fliegen könntest."

Prärievogel sah mich ruhig an, dann lächelte er und sagte:

„Hast du schon jene Nacht vor langer Zeit vergessen, in der du so einsam warst? Hast du das Gesicht im Himmel vergessen und den weißen Mond, der hell schien? Hast du all das so schnell vergessen, all das, was dir damals gegeben wurde?"

„Was? Was sagen Sie da? Woher wissen Sie all das? Wer hat Ihnen das erzählt – ?"

Bevor ich weitersprechen konnte, passierte etwas sehr Ungewöhnliches. Die Öllampe flackerte noch einmal auf und ging dann aus, aber der Raum wurde nicht dunkel. Und was war mit Prärievogel? Der war verschwunden. Wie war das möglich?

Und dann füllte plötzlich dieser wunderbare Duft den ganzen Bahnhof und überall war dieses wunderschöne rosa Leuchten. Es war genauso wie damals, als Lightwing das erste Mal zu mir gekommen war. Schickte er mir eine Botschaft? Waren das wieder nur Tagträume? Oder musste ich vielleicht sterben? Vielleicht kam ja Lightwing, um mich dahin zu holen, wohin ich gehörte. Und dann sagte eine Stimme:

„Du hast mich vergessen, Lucas Willing."

„Wer ist da?"

„Du hast mich vergessen, aber ich bin nicht gegangen."

„Wer sagt das? Wo bist du?"

„Wo ich immer war."

„Warum kann ich dich dann nicht sehen?"

„Wo suchst du denn?"

„Wo sollte ich denn suchen?"

„Innen. Schau nach innen."

„Wo innen?"

„Hinter deinen Zweifeln und Ängsten."

„Hinter meinen – "

„Ich habe darauf gewartet, dass dein Herz mich ruft."

„Lightwing", schrie ich laut, „bist du das wirklich?"

„Hast du jemand anderen erwartet?"

„Dann hast du meine Gefühle gehört?"

„Noch bevor du sie gehabt hast."

„Und du hast mich nicht wirklich vergessen?"

Da hörte ich wieder jenes himmlische Geflatter und plötzlich saß Lightwing auf dem Schaukelstuhl. Er war so unvermittelt erschienen wie immer.

„Wie sollte ich dich denn vergessen, wenn ich doch niemals von dir weggegangen bin?"

„Oh, das habe ich ja ganz vergessen."

„Alles, was du zu tun hattest, war, mich mehr zu lieben als alles andere, und ich hätte dir Frieden geschenkt."

„Aber das habe ich doch getan, ich habe es immerzu versucht."

„Wenn du wirklich ehrlich bist, hast du oft gedacht, dass ich weit weg sei, obwohl ich ganz nah war."

„Warum bist du dann niemals erschienen und hast mit mir geredet, als ich dich gebraucht habe?"

„Weil ich dir den Schlüssel gegeben habe, erinnerst du dich?"

„Sicher erinnere ich mich. Ich liebte jeden, der mir einfiel, und das war nicht einfach, kann ich dir sagen. Was hätte ich denn sonst noch tun sollen?"

„Du hast vergessen, dein wahres Selbst zu lieben."

„Was ist daran denn so wichtig?"

„Wenn du dich nicht lieben kannst, kannst du auch mich nicht lieben."

„Wie meinst du das denn nun wieder?"

„Du und ich sind eins. Richtig?"

„Richtig, aber was ist daran neu?"

„Wenn du dich nicht liebst, liebst du automatisch mich auch nicht."

„Ist das der Grund, warum ich noch nicht gehen kann?"

„Es steht in deinen Sternen."

„Was?"

„Gehen."

„Gut und schön, aber wie soll ich das denn tun?"

„Du tust gar nichts."

„Verstehe ich nicht. Wovon sprichst du eigentlich?"

„Wenn du gehst, Lucas, bin ich es, der geht."

„Lightwing, erwartest du wirklich, dass ich das verstehen soll?"

„Hör mir gut zu."

„Okay. Ich höre."

„Was immer du auch tust, ich bin der, der handelt. Wenn du denkst, bin ich derjenige, der dahinter steckt, wenn du sprichst, bin ich es, der spricht, wenn du liebst, bin ich es, der das macht."

„Also wenn das so ist, wie du sagst, wozu gibt es mich dann überhaupt?"

„Das ist wirklich sehr einfach."

„Wenn das so einfach ist, warum verstehe ich es dann nicht?"

„Weil du noch nicht verstanden hast, wer du in Wirklichkeit bist."

„Ich bin Lucas Willing, das bin ich."

„Nein."

„Was meinst du mit: Nein?"

„Was du jeden Tag im Spiegel siehst, ist nur ein weiterer Teil des großen Träumens."

„Wer bin ich denn dann? Sag mir das."

„In deinem wahren Kern bist du ein Teil von mir."

„Lightwing, wenn das tatsächlich der Fall ist, wieso hast du es dann zugelassen, dass ich in dieser Misere stecke?"

„Damit habe ich überhaupt nichts zu tun."

„Ach, ja, wer denn dann? Die böse Fee?"

„Nun sei mal nicht so ein Schlauberger. Das ist nämlich sinnlos."

„Tut mir leid."

„Du hast dich selbst in diesen Zustand gebracht."

„Aber das ist doch verrückt. Warum würde ich jemals so etwas tun?"

„Alles, was in deinem Leben passiert, hast du selbst geschrieben."

„Was meinst du denn damit? Ich habe doch noch nie irgendwo was aufgeschrieben?"

„Noch bevor es dich überhaupt gab, hast du es geschrieben, mit jedem Gedanken, jedem Wort und jeder Tat."

„Bevor es mich gab? Was soll denn das nun wieder?"

„Dich gibt es schon immer."
„Oh, nee, jetzt komm schon!"
„Lucas Willing ist nur ein kurzes Kapitel des Lebens, das kein Ende und keinen Anfang hat."
„Aber die Menschen sterben doch."
„Und das ist wieder ein Teil des Träumens."
„Wie meinst du das?"
„Du bist geboren worden, um zu sterben, und du stirbst, um geboren zu werden."
„Du veräppelst mich!"
„Du befindest dich jetzt gerade in der Ewigkeit, es gibt also keinen Grund zur Eile."
„Wie bitte?"
„Wir machen jetzt eine kleine Reise."
„Wohin denn?"
„In das Licht."
„Was für ein Licht? Wo denn?"
„Warte ab. Du wirst schon sehen."
„Aber Großvater wird sich Sorgen machen, wenn ich nicht zum Abendessen komme. Er hat ein sehr schwaches Herz ..."
„Es wird nur eine Sekunde dauern."
„Eine Sekunde? Welche Art von Reise kann man in einer Sekunde machen?"

Bevor ich noch ein weiteres Wort sagen konnte, begann Lightwing sich vom Schaukelstuhl zu erheben und dabei schlug er langsam mit den Flügeln auf und ab. Irgendwie schien er dabei immer größer zu werden, bis er den ganzen Raum ausfüllte. Und dann plötzlich schlangen sich seine Flügel um mich, so dass er mich ganz nah an seiner Brust hielt. Das nächste, was ich weiß, war, dass wir hoch in der Luft über dem Bahnhof waren und durch den Himmel flogen, so schnell wie nur irgendwas. Passierte das wirklich? Dann sagte Lightwing: „Entspanne dich, wir sind fast da."

Ich spürte, wie seine Flügel mich noch fester hielten, und hatte überhaupt keine Angst, ja ganz im Gegenteil, ich fühlte mich großartig.

Als wir so durch die Luft rasten, erschien mir all das da unten ganz anders als bisher. Die Menschen, die Häuser, alles sah irgendwie aus wie in einem Märchen. Ich konnte nichts erkennen, das mir irgendwie bekannt vorkam. Und noch was: Nicht einer von den Leuten schien zu bemerken, wie wir da über sie hinwegflogen.

Und dann war unter uns offensichtlich Bauernland. Menschen arbeiteten in den Feldern mit Pferden und Wagen. Welches Land konnte das nur sein?

Plötzlich senkten wir uns zur Erde hinab und als nächstes bemerkte ich, dass wir auf einem großen Stein am Rande der Landstraße saßen.

„Wo sind wir, Lightwing? Was ist denn hier los? Es sieht alles so fremd aus."

„Ich dachte, du würdest gerne mal wissen, wie du gelebt hast, bevor du du geworden bist."

„Das verstehe ich nicht."

„Wir werden uns ein früheres Kapitel deines Lebens anschauen."

„Verstehe ich immer noch nicht."

Den Weg herunter kam ein Mann mit einem Karren. Der Karren wurde von einem Pferd gezogen, das bestimmt das Traurigste war, was ich je gesehen habe. Der Karren war so hoch mit Holz beladen, dass das Pferd ihn kaum noch vorwärts bewegen konnte, so schwer war er. Der Mann auf dem Karren beschimpfte die arme Kreatur ganz schrecklich und hieb mit der Peitsche auf sie ein. Das Pferd sah so aus, als hätte es tagelang nichts zu fressen gehabt, man konnte die Rippen deutlich sehen. Seine Augen schauten voller Angst und es sah wirklich so aus, als würde es jeden Moment tot umfallen. Der Mann schlug immer weiter, aber das arme Tier konnte nicht mehr.

„Lightwing, tu doch etwas“, rief ich aus. „Siehst du denn nicht, wie sehr das arme Tier leidet? Dieser grausame Mann wird es umbringen.“

„Immer mit der Ruhe, Lucas.“

„Immer mit der Ruhe? Wie kannst du das sagen? Siehst du denn nicht, was geschieht? Wir müssen etwas unternehmen. Wir müssen einfach.“

Und dann stieg der Mann vom Wagen und fing an, das Tier zu treten. Dieses versuchte verzweifelt, sich zu bewegen, aber es hatte keine Kraft mehr dazu. Der Mann trat so lange weiter, bis das Pferd umfiel und heftig schnaufend liegen blieb. Ich konnte es nicht mehr aushalten, darum schrie ich den Kutscher an:

„Oh bitte, tun Sie das nicht. Können Sie denn nicht sehen, wie sehr Ihr armes Pferd leidet? Es wird vielleicht sogar sterben, können Sie das nicht sehen?“

Ich konnte nicht begreifen, dass der Mann mich offensichtlich gar nicht hörte. Sah er mich nicht? Ich fing an zu weinen, weil ich dieses Leid nicht mehr mit anschauen konnte, und ich wollte das Pferd trösten, als es so in den letzten Zügen lag. Meine Tränen flossen in Strömen und ich konnte es einfach nicht ertragen, weiter zuzusehen.

„Oh, Lightwing, bitte, bitte, tu etwas. Wir müssen helfen – wir müssen.“

Das Nächste, was mir bewusst wurde, war, dass ich wieder im Bahnhof in meinem Rollstuhl saß und Lightwing auf dem Schaukelstuhl, und ich weinte mir immer noch die Augen aus.

„Lightwing, was – was – ist denn nur los?“, schluchzte ich vor mich hin.

„Was hältst du denn von der Reise?“

„Ich bin ganz durcheinander. Wie hast du das gemacht? Und wie lange waren wir weg?“

„Vielleicht eine Sekunde oder weniger."

„Eine Sekunde? Wie ist denn das möglich?"

„Ist wirklich nichts besonderes. Eigentlich Routine, könnte man sagen. Du weißt ja bereits, wie schnell Gedanken sein können."

„Aber wo sind wir denn gewesen?"

„In einem deiner früheren Leben, vor ungefähr 100 Jahren."

„Vor hundert Jahren? Oh, komm, Mann."

„Ich dachte mir, dass es gut wäre, uns mal eines deiner letzten Leben anzuschauen."

„Ich hab mich aber nirgendwo gesehen."

„Was denkst du denn über das, was du gesehen hast?"

„Oh, Lightwing, das war schrecklich. Das arme Pferd. Es hatte solche Schmerzen. Wie kann irgendjemand ein hilfloses Tier so schlagen? Was für ein grausamer Mann. Ich hasse ihn. Ich hoffe, dass er eines Tages genauso leiden muss wie das Pferd. Er hat es wirklich verdient."

Lightwing saß eine Weile ruhig da und sagte dann ganz sanft: „Hast du."

„Was? Was hast du gesagt?"

„Du warst es, der das Pferd geschlagen hat."

„Nein. Das war ich nicht", schrie ich. „Das war ich niemals. Das ist nicht wahr. Ich könnte so was gar nicht tun. Niemals, niemals. Wie kannst du so was zu mir sagen?"

„Jetzt weißt du, warum du im Rollstuhl bist."

„Nein, nichts weiß ich. Erzähl mir doch nichts. Das erfindest du einfach. Ich glaube dir kein Wort."

„Wenn du aus dem Rollstuhl raus möchtest, Lucas, musst du bereit sein zu lernen, dass all deine Gedanken, Worte und Taten der vergangenen Jahrhunderte, von all deinen Leben, eines Tages auf dich zurückfallen. So ist es nun mal."

„Was für ein Gott denkt sich so was Schreckliches aus?"

„Gott tut das nicht."

„Wer denn dann?“

„Du. Gott hat gar nichts damit zu tun?“

„Woher weißt du das denn so genau?“

„Weil Gott nur das Lieben kennt. Es ist gegen seine Natur zu strafen.“

„Aber wie konnte mir all das geschehen?“

„Die Rechnung für alles muss irgendwann bezahlt werden, wenn nicht jetzt, dann irgendwann später. Du zahlst im Moment einfach deine Rechnung. Das ist dein Schicksal.“

„Heißt das, dass ich für immer und ewig zahlen muss?“

„Nein, wenn sie einmal bezahlt ist, ist sie bezahlt.“

„Was kann ich denn dann machen, um sie zu bezahlen?“

„Du musst dich selber vergessen. Wenn du liebst und gleichzeitig darüber nachdenkst, was dabei für dich herausspringt, wirst du einfach weiter stolpern bis in alle Ewigkeit und die Rechnungen werden sich einfach immer weiter stapeln.“

„Aha. Was muss ich dann machen?“

„Konzentriere dich auf das Geben.“

„Was denn geben?“

„Dich selbst.“

„Wirst du bei mir bleiben und mir zeigen, wie das geht?“

„Wir sind eins. Hast du schon vergessen?“

„Oh, ja richtig.“

„Es wird spät. Dein Großvater macht sich schon Sorgen.“

Ich war nicht ganz sicher, wie ich all dies jemandem erklären sollte. Ich fuhr aus dem Bahnhof raus und, so schnell ich konnte, nach Hause.

# Kapitel 13

Wie lange muss ich meine einsame Trauer tragen,
um Seelen, die gegangen, um Herzen, die gebrochen?
Wie soll ich trösten, wo ich gestohlen?
Wie Hoffnung wieder herstellen, wie Vergebung erlangen?

In dieser Nacht schlief ich kaum. Manchmal schien alles, was passiert war, unwirklich. Wie konnte ich wissen, ob all das wahr war?

Mitten in der Nacht, während ich versuchte, das Ganze zu verstehen, hörte ich eine Stimme, aber ich war nicht ganz sicher. Mein Zimmer war im Erdgeschoss und Großvaters oben. Als ich schon dachte, ich hätte mir alles nur eingebildet, hörte ich: „Lucas, Lucas."

Es war Großvater. Aber in seiner Stimme war etwas Seltsames.

„Großvater, hast du gerufen?", rief ich. Aber es kam keine Antwort. Irgendetwas stimmte nicht. Da war ich ganz sicher. Aber was? Und was konnte ich tun? Ich rief noch mal: „Großvater, ist alles in Ordnung?"

Wieder keine Antwort. Oh, wenn ich doch nur schnell rauf laufen könnte und nachsehen. Vielleicht war was mit Großvaters Herzen nicht in Ordnung. Vielleicht starb er. Ich musste unbedingt nach oben und ihm helfen. Aber wie? Ich hatte nicht mal meine Schienen an den Beinen. Ich fühlte mich so hilflos. Noch mal rief ich: „Großvater, bist du o.k.? Bitte, sag doch was."

Und dann hörte ich die Stimme von Lightwing, so klar wie nie zuvor:

„Versuche es einfach, Lucas. Versuche es."

Versuchen? Wie sollte ich das denn tun? Ich war hier unten ganz allein. Ich brauchte doch Hilfe, um es zu versuchen. Und jetzt hörte ich Großvaters Stimme wieder: „Lucas, Junge. Lucas."

Ich rief ganz laut: „Ja, Großvater, ich höre dich. Ich komme, ich komme."

Aber wie? Wie nur? Wie konnte ich denn nur die Stufen hochkommen? „Lightwing, hilf mir bitte. Mein Großvater braucht mich."

Und dann hörte ich: „Benutze den Schlüssel, Lucas. Das ist die ganze Hilfe, die du jemals brauchst."

Was tun?, dachte ich. Ich ließ mich über die Kante des Bettes auf den Boden gleiten. Und dann, Stück für Stück, zog ich mich bis zum Fuß der Treppe. Aber wie hinaufkommen?

„Großvater, ist alles in Ordnung?", rief ich laut. „Ich komme, ich komme, warte noch einen Moment. Warte bitte."

Aber es kam keine Antwort.

„Lightwing, wenn es dich jemals wirklich gegeben hat, wenn du mich wirklich lieb hast, dann zeig mir bitte, wie ich die Treppe hochkommen kann. Mein Großvater braucht mich. Vielleicht stirbt er gerade."

Und dann hörte ich wieder ganz klar seine Antwort: „Wach auf, Lucas. Wach auf, Tagträumer."

„Ich bin ja wach. Wirklich. Kannst du das nicht sehen?"

„Reg dich nicht so auf. Beruhige dich."

„Beruhigen? Nun, wie dachtest du denn, dass ich die Stufen hochkomme?"

„Na, ja. Du wirst hochgehen."

„Hochgehen? Wie soll ich das denn schaffen?"

Ich schaute die Treppe an. Sie sah aus wie der höchste Berg der Welt.

„Mach dir keine Sorgen, ich werde dir helfen."
„Und wie wirst du mir helfen?"
„Hast du so schnell vergessen, wer du in Wirklichkeit bist?"
„Aber ich habe solche Angst. Verstehst du das nicht?"
„Nein, du hast gar keine Angst."
„Was meinst du damit?"
„Wenn du und ich eins sind und du bist ich und ich bin du, hat die Angst keinen Platz mehr."
„Och, ich weiß nicht, Lightwing. Das ist ein ziemlich großer Brocken im Moment."
Dann hörte ich Großvater rufen: „Lucas, Junge! Kannst du mich hören, Sohn?"
„Jetzt ist deine Zeit gekommen, Lucas. Gib mir all deine Ängste. Deine Rechnungen sind bezahlt und du bist frei."
„Aber was ist, wenn ich anfange zu schwanken und die Treppe runterfalle? Was dann?"
„Hör mir mal sehr genau zu."
„Was?"
„In Wahrheit bist du schon lange oben an der Treppe angekommen. Nur dein Körper muss noch folgen."
„Wie kannst du das sagen, wenn du mich hier sitzen siehst? Meine Beine funktionieren einfach nicht. Ich bin behindert."
„Das ist eine Tagträumer-Lüge."
„Eine Lüge? Du willst mich wohl auf den Arm nehmen?"
„Es ist deshalb eine Lüge, weil ich die Kraft in deinen Beinen bin. Wenn du das glaubst, kannst du sie nutzen."
„Warum trägst du mich nicht einfach hinauf, wie damals bei unserer Reise?"
„Weil du dann diese Erfahrung nicht machen könntest und damit dieses Leben verschwenden würdest. Du müsstest alles noch mal erleben. Was hätte es also für einen Sinn?"
Einige Momente lang saß ich einfach nur still da, am Fuß der Treppe, und dachte darüber nach, wie ich diesen ersten

Schritt machen sollte. Dann sagte Lightwing ganz leise: „Dein Großvater wartet, sollen wir es einmal versuchen?“

„Was soll ich denn tun?“

„Streck deine Hand aus und ergreife das Geländer.“

Ich griff danach und hielt mich fest, so gut ich konnte. Ich fing stark an zu schwitzen und mein Herz schlug wie verrückt.

„Und jetzt?“, fragte ich.

„Es liegt bei dir. Was möchtest du tun? Triff eine Entscheidung.“

„Ich möchte zu meinem Großvater gehen, Lightwing. Mehr als alles andere. Er braucht mich. Ich möchte ihm helfen und ihm sagen, wie sehr ich ihn liebe.“

„Dann geh. Meine Liebe und Stärke sind in dir. Benutze sie.“

Jetzt oder nie, dachte ich.

„Mach einen Schritt nach dem anderen, Lucas.“

Ich zog mit aller Kraft am Geländer und fast konnte ich es nicht glauben, aber bald stand ich auf meinen Füßen. Auf meinen eigenen zwei Füßen. Ich war mir ganz sicher, dass ich nicht träumte. Ich schaute an meinen Beinen hinunter und sie waren so gerade, wie sie nur sein konnten. Wie war so was nur möglich?

„Lightwing“, rief ich. „Ich stehe. Schau mal, ich stehe ganz allein.“

„Was hast du denn erwartet?“

„Was mach ich jetzt?“

„Dein wahres Selbst ist ja schon längst oben und wartet darauf, dass der Rest nachkommt. Erinnerst du dich? Sollen wir dorthin gehen und ganz werden?“

„Kann ich wirklich und wahrhaftig da jetzt raufgehen?“

„Warum nicht? Beweise es dir. Befiehl deinen Beinen. Sie werden dir jetzt gehorchen.“

Ich starrte die erste Stufe an. Sie sah sehr hoch aus. Wenn ich diesen Schritt jetzt machen würde, hieße das vielleicht, dass der spezielle Morgen gekommen war und ich durch mein weiteres Leben gehen würde.

Und dann hörte ich: „Lucas, kommst du?“

„Ja Großvater, ich komme, ich komme.“

Ich kann das, was als nächstes passierte, nicht gut beschreiben. Alles, was ich weiß, ist, dass in mir etwas sagte, dass ich es tun könne. Und darum beschloss ich einfach, es zu tun. Irgendwie zwang mein Wille meinen Fuß, den ersten Schritt zu machen und, bei Gott, er gehorchte. Das war ein wunderbares Gefühl. Ich konnte dort Kraft spüren, wo ich vorher nur Schwäche gespürt hatte. Ich dachte, dass dies ganz bestimmt ein Wunder war.

„Du kannst das so nennen, wenn du möchtest“, sagte Lightwing. „Allerdings ist es eigentlich nichts weiter als Routine, wenn du den Anweisungen folgst.“

„Routine? Wirklich?“

„Du erwachst einfach in deine Wahrheit hinein, das ist alles. Nun lassen wir aber Großvater nicht länger warten!“

Und dann machte ich einfach dasselbe noch mal und noch mal. Ein langsamer Schritt nach dem anderen, bis ich oben auf dem Berggipfel angekommen war.

„Ich hab's geschafft, Lightwing! Ich hab's geschafft! Ich bin ganz oben und die Sterne sind zu mir heruntergekommen.“

Ich wusste nicht, ob ich lachen oder weinen sollte. Ich glaube, ich tat ein bisschen von beidem.

„Oh, Lightwing“, sagte ich leise. „Wie ist es möglich, dass so etwas jemandem wie mir passiert?“

„Es ist alles wirklich sehr einfach, mein Lieber. Siehst du, ich bin der Ozean und du bist die Welle. Du hast einfach getan, was ganz natürlich ist.“

„Ich glaube, ich verstehe immer noch nicht alles.“

„Du hast einfach den Schlüssel benutzt. Das verändert alles.“

Vorsichtig ging ich in Großvaters Zimmer und schaute nach ihm. Seine Augen waren geschlossen.

„Großvater, ich bin es, Lucas“, flüsterte ich. Nichts passierte. „Ich liebe dich, Großvater. Bitte öffne die Augen und schau mich an. Wirst du das für mich tun?“

Nach einer Minute öffnete er die Augen und lächelte mich ganz lieb an.

„Was ist los, Großvater? Was ist passiert?“

„Oh, Lucas, mein lieber Junge, ich dachte, ich müsste sterben. Ich träumte, dass ich mit Großmutter im Zug saß und wir endlich diese Reise zusammen machten, um zu sehen, was es so da draußen in der Welt gibt. Ich wollte dir auf Wiedersehen sagen und dir sagen, wie sehr ich dich immer geliebt habe. Ich wollte nicht, dass du traurig bist, wenn ich weg bin. Ich hatte Angst, dass du mein Rufen nicht hören würdest und dass ich keine Chance mehr haben würde, dich noch einmal zu sehen.“

„Aber ich habe dich gehört, Großvater. Schau mal. Hier bin ich.“

„Aber wie bist du die Treppe raufgekommen? Wie hast du das geschafft?“

„Ich habe den Schlüssel benutzt, Großvater.“

„Ich verstehe nicht. Den Schlüssel?“

„Den Schlüssel, den mir Lightwing gegeben hat.“

„Lightwing? Wer ist denn das?“

„Nun, ja – er ist einfach das Großartigste, das es gibt, Großvater.“

„Kenne ich ihn? Lebt der Bursche hier in der Nähe?“

„Ist ein bisschen schwer zu erklären. Er kommt ganz schön rum.“

„Meinst du wie ein Vertreter?“

„Ich denke, in gewisser Weise könnte man das so sagen.“

„Was ist das für ein Schlüssel, den er dir gab?“

„Ist eigentlich kein richtiger Schlüssel, Großvater. Ist eigentlich mehr eine Idee."

„Was für eine Idee könnte dich die Stufen hochbringen?"

Ich überlegte, was ich Großvater sagen sollte, damit er verstehen konnte, dass meine Liebe zu ihm der Schlüssel war.

Ich hörte Lightwing sagen: „Warum sagst du ihm nicht einfach, dass du in einer langen und einsamen Nacht die Liebe in einem Kirschenbaum gefunden hast?"

„Lightwing", dachte ich, „das versteht er nie."

„Woher weißt du das denn? Du hast es ja auch verstanden?"

Bevor ich noch was sagen konnte, füllte sich der Raum mit diesem wunderbaren Duft.

„Lucas?"

„Ja, Großvater?"

„Was ist das für eine Süße in der Luft?"

„Ich glaube, das ist so eine Art Visitenkarte."

„Von wem?"

„Ich glaube, die Art, wie ich dich liebe und wie du mich liebst, ist das Schönste auf der Welt. Die Liebe lässt uns wissen, dass sie sich um uns kümmert."

„Ich bin nicht ganz sicher, ob ich das verstehe, aber es hört sich auf jeden Fall sehr gut an."

„Es ist das Beste auf der Welt, Großvater."

Wir saßen eine Weile still, als Großvater sagte: „Lucas, morgen können wir ja zusammen zum alten Bahnhof gehen und schauen, was da los ist. Hast du Lust?"

Ich war so glücklich. Ich legte mich neben Großvater und umarmte ihn.

„Ja", sagte ich, „das würde ich gerne. Wir können hingehen und auf den Schienen sitzen und dann, wer weiß – alles mögliche könnte passieren."

Großvater schlief in meinen Armen ein. Alles schien so perfekt. Vielleicht war immer alles schon so gewesen und nur ich hatte es nicht sehen können. Eines wollte ich Lightwing noch fragen. Ich wollte ihn wegen Buddy und Prärievogel fragen. Wer waren sie? Dann hörte ich:

„Lucas Willing, hast du das noch immer nicht begriffen?"

Ich bin mir nicht sicher, aber ich glaube, ich sah, wie Lightwing lächelte.

Als ich letzte Nacht auf meinem Bett lag,
frei von den Nöten des langen Winters,
rief ich meine Liebe, mir ein Herz zu bringen,
ein erneuertes Herz, einen ewigen Frühling.